The School Story
作弊

The School Story

作弊

文◎安德魯・克萊門斯
譯◎周怡伶　圖◎唐唐

遠流出版公司

【推薦序】

當孩子不再是「小孩」時……

李偉文 作家

雖然不管我們幾歲，在父母眼中永遠都是個孩子，但是當自己身為父母師長時，我們會不會因為恐懼而給予孩子過度的保護？或者會因為貪圖方便，而阻礙了孩子自行摸索、從錯誤中學習成長的機會？

小時候常常聽父執輩談起，他們在十多歲就要外出工作、分擔家計，媽媽也常說她們小學還沒畢業，就要揹著襁褓中的妹妹，一邊幫忙做農事或是撿柴燒飯。可是，現在有些孩子到了十多歲時，恐怕還不太會打理自己的書包，仍舊處在茶來伸手、飯來張口的嬰

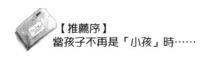

幼兒階段。

是不是時代的因素將孩子的「成熟期」拉長了？想當年黃花崗七十二烈士在三月二十九日起義失敗時，每個人真的都年輕得不得了！在那個時代，二十來歲就是社會的中堅份子，得承載許多的使命與責任。若是時間再往前推，當李世民逼著他爸爸起義，由他南征北討打下史上輝煌的大唐江山時，他才十七歲；亞歷山大大帝二十歲當上皇帝，建立橫跨歐亞的帝國版圖時還不到二十九歲；拿破崙打下第一場勝仗時才二十六歲。在科學界，愛因斯坦二十多歲就發表了所有改變整個宇宙觀的六篇論文；甚至在社會思想界，馬克思與恩格斯完成共產黨宣言，改變了數十億人類的生存，當時他們也還不到三十歲。

反觀現代，二十多歲到三十來歲的人，也許還在學校裡接受教

育，也還為了期中考及期末考的分數煩憂著。因此，如何讓孩子懂得負責任，而且能夠突破想像中的限制，發揮潛能，或許是家長要重新思索的課題。

我們都知道每個人都有自己獨特的天賦，相信每個人都具有潛在的才能；我們也常以「你有這個潛能」來鼓勵孩子，好像潛能就放在口袋裡，想用時就可以拿出來用。

事實上，潛能並不是原本就存在人體內，像是你會辨識動植物，會說英語、法語等能力就是學習而來的。潛能是存在人與人或人與環境之間的一種關係，就像地心引力那樣是物體與物體之間的一種關係。因此，正確來說，並不是我們在使用潛能，而是有外在的人或物或情境，將我們的潛能「呼喚」出來。只有不斷行動，不斷地與週遭情境互動，才可以呈現出所謂的「潛能」。

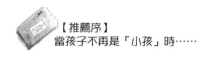

安德魯‧克萊門斯在《作弊》中，敘述了兩位十多歲小女孩的追夢故事。從扣人心弦的情節裡，我們可以看到夢想、創意與行動彼此之間的關係，而且也可以了解到潛能要在真實的努力中，才得以浮現。

我們的孩子不見得像故事中的女孩一樣，善於寫文章或者有經紀人那種善於溝通的天賦，但是，每個人一定都有他喜歡做的事，都有深藏於心中的小小夢想。著名舞蹈家瑪莎‧葛蘭姆曾說：「一個人應該成為他這個時代的傳奇。」

傳奇不是只有大人物才有，每一個人都可以寫下自己的傳奇，包括我們的孩子。只要心中有夢想，依循著這個夢想前進，就能為這個世界增添一些光彩。每個人身上都有太陽，只是要讓它發光。

1 頭號粉絲

娜塔莉受不了了。她在圖書館門口往裡面偷看，然後，轉身下樓。才沒幾步，又轉回去，看著裡面的佐伊。這樣的懸而未決，讓她坐立難安、心神不寧，簡直就是酷刑。

佐伊還在讀著。前兩章加起來只有十二頁。娜塔莉倚著門框，咬著手指甲。她心裡想著：到底是怎樣，怎麼讀這麼久？

佐伊可以從眼角餘光看到娜塔莉，也能感覺到她那股緊張的力量正催逼著自己，可是佐伊不急。她向來都是慢慢閱讀，她喜歡這

樣，尤其是閱讀好故事的時候，而現在這篇就是很棒的故事。

《作弊》

娜塔莉・尼爾森／著

（第十二頁）

我在八十二街和八十一街之間追上尚恩。他的腿比我長，害我追得好喘。我抓住他的手臂，他在一家小雜貨店前停下來。

他說：「妳幹嘛跟著我？」

「我得跟你談談。」

「是喔，可是太遲了。懲戒聽證會時，妳有機會跟我談的，但是妳沒有。」

「可是，如果我說了實話，全校都會知道我作弊，這樣我會

被退學。」

他直直看著我。「妳就是作弊了啊，不是嗎？……而我根本沒有偷拿解答，對不對？……妳明明知道我沒有偷，因為是妳偷的，不是嗎？」

關於這些質問，我全都點頭承認。

尚恩現在幾乎是用吼的，眼睛看起來像發狂似的。「妳先偷解答，然後作弊，現在又說謊。而我呢？處罰全都我來擔！」

雜貨店老闆很擔心，從櫃檯走出來看著我們。

尚恩沒理他，仍靠近我的臉咆哮著。「所以，安琪拉，我們不再是朋友了。就連以前我們算不算朋友，都還是個問題！」

他氣沖沖地走掉，兩手插在口袋裡，高聳著肩膀，每一步都重重踢著人行道。

而我，哭了。

佐伊把第十二頁攤在桌上。她盯著稿子陷入沉思。

「喂，怎麼樣？」

娜塔莉就站在她身後，嚇了她一大跳。「噢，娜塔莉！嚇死我了！我才正在享受就被妳打斷。」

「妳覺得怎麼樣嘛？寫得好不好？」

佐伊點點頭說：「我覺得很好。」

「真的？」娜塔莉拉開椅子坐下，身子向前傾。「妳該不會因為我們是好朋友才那樣說吧？」

佐伊搖搖頭。「才不是呢！真的寫得很好。我等不及要看整個故事了，妳明天帶後面的來好不好？」

娜塔莉笑了。她從背包裡掏出一個用橡皮筋套著的藍色資料夾。「拿去吧。我還有五章要寫，我只是想知道開頭那幾章行不行。不過，如果妳想看，我已經寫完的這些妳可以先拿去看。」

佐伊小心接過那個資料夾，說：「太棒了！妳會寫完它吧？妳整個故事從頭到尾都安排好了嗎？」

娜塔莉說：「還沒有整個故事啦……但是差不多了。我知道結局大概會怎麼發展，不過細節如何安排，還不知道。」

娜塔莉會突然想寫書，是在九月的某天傍晚。她和媽媽坐在回家的巴士上。六年級已經開學三週，她和媽媽一起通勤的作息方式也固定下來了。那是星期五傍晚，她們搭上五點五十五分那班巴士，從紐約市出發，轟隆隆穿過林肯隧道，到紐澤西州的霍伯肯。

她媽媽看起來非常累。娜塔莉端詳著在座椅枕上歪著頭的那張臉。媽媽真漂亮，比我漂亮，她心想。不過，媽媽的嘴角、眼角都有一些皺紋了，那是掛念與擔心刻畫出來的紋路。

娜塔莉說：「媽，今天很累嗎？」

媽媽沒睜開眼睛，微笑著點點頭。「編輯部和行銷部開會開了一整天。一整天。」

娜塔莉問：「怎麼會這樣？」她爸爸過世後，娜塔莉就決定要多跟媽媽聊天。有時候，她會假裝對媽媽在出版社的工作有興趣，就像現在這樣。

她媽媽說：「嗯，行銷部的人會去調查小孩、家長或老師們會買些什麼書，然後就來告訴我們。他們認為大家會買什麼書，我們就得要做更多那樣的書。」

娜塔莉說：「這也對啊。那他們要妳做什麼樣的書？」

漢娜・尼爾森把頭移開椅背，轉向娜塔莉。「我來跟妳說說六小時的會議摘要好了，妳準備好要聽了嗎？」

娜塔莉點點頭。

她媽媽裝出一種低沉的、像老闆的嗓音，說：「各位，我們必須出版更多的冒險故事、校園故事，以及更多系列叢書。」媽媽又換回原本的聲音說：「就這樣。六小時的會議結果，一張紙就可以寫完，或者是三行電子郵件。」

娜塔莉接著問：「什麼是校園故事？」

「就是字面上的意思啊，校園故事指的就是跟孩子和學校有關的那一類小說。」

娜塔莉想了一下說：「像《親愛的漢修先生》那種故事嗎？」

她媽媽說：「沒錯。」

娜塔莉心想：嘿，我一週上學五天、一年上學九個月，還有誰會比我更了解學校？我一定可以寫出一篇校園故事。

就這樣，小說家娜塔莉・尼爾森誕生了。

或者說幾乎誕生了。實際上，她的作家生涯大概在四個月後才真正展開。就是在那個下午，在學校圖書館，當佐伊讀過開頭的那兩章之後。

因為，對每位新作家、每本新書來說都一樣，一定要有第一個人讀過才行。一定要有第一個人說喜歡；一定要有一個人成為頭號粉絲。

而這個人，當然就是佐伊。

2 寫作高手

有些人是寫作好手，有些人是說話高手，而娜塔莉一直都是屬於寫作那一型。

就像所有的作者一樣，她剛開始是個讀者。當她還是嬰幼兒的時候，娜塔莉就很喜歡爸爸或媽媽講故事書給她聽。由不同的人來講同一個故事，會產生不同的效果。她喜歡這樣。

媽媽講故事的方式是平靜的、穩重的，而且考慮週到。即使是很刺激、驚悚或悲傷的故事，由媽媽來講，娜塔莉總是會感到溫暖

而安全。

但爸爸就不一樣了。他講得很大聲，而且不會顧慮那麼多。他會裝出各式各樣好笑的聲音，像是消防隊員啦、鴨子啦、公主啦。講到火車或毛毛蟲的時候，還會做出音效。如果書裡的用詞不夠刺激、不夠愚蠢、不夠嚇人，他還會自己加入新的詞。爸爸講故事的時候，什麼事都會發生。

用這種方式，娜塔莉對閱讀培養出很棒的品味。她的雙親熱愛好書的程度，幾乎就像愛她一樣。

到她四歲的時候，對書更是喜愛。她要求爸媽讀更多故事給她聽，遠遠超過他們能給的時間。她已經會認ＡＢＣ了，於是她就要求爸媽講故事的時候，指著每一個字。然後，娜塔莉就會坐著翻閱她的繪本，一遍又一遍。她開始看懂了那些字，以及它們會被發成

什麼聲音，一旦她破解了這個關聯，就什麼都難不倒她。娜塔莉會認字了。

即使在娜塔莉學會自己看書之後，爸媽還是會在她睡前講故事給她聽。如果這一晚由爸爸講，隔天就換媽媽，而娜塔莉總是自己從最愛的書架上選故事書。

但那場車禍，改變了這一切。當時娜塔莉二年級，在那場意外之後，只剩媽媽講睡前故事了。也是在這個時候，娜塔莉會把幾本她心愛的書藏在衣櫃裡面。她不想再聽媽媽唸那幾本書，因為那些是爸爸的書。有時候，在深夜或是閒閒的星期日下午，娜塔莉會翻開《狗水手》或《愛生氣的瓢蟲》，她彷彿能聽到爸爸為她講這些故事書的聲音。

自然而然的，娜塔莉慢慢開始寫作。剛開始是模仿。如果她讀

到一首好詩，她就試著寫一首類似的詩。如果故事裡的某個角色進入了她的幻想世界，她就會跟她的娃娃對話，假裝自己是水手狗、小錫兵或者拼布娃娃安妮。她會上演書裡的部分內容，然後為每個角色配上對白。有時候她假裝自己是糖果屋故事裡那個妹妹葛蕾特，幫哥哥韓塞爾把壞心的巫婆推入火爐。有時候她假裝自己就是那個壞心的巫婆。

然而每一次，娜塔莉總是會想到這些故事的作者。她會想到漢斯・安徒生、瑪格麗特・懷茲・布朗、碧雅翠斯・波特，她會想像這些作家正坐在花園、小木屋或閣樓裡創作新的故事。而且她知道，有一天她也會坐在一個花園、小木屋或是閣樓裡，寫著自己的故事。

娜塔莉上了四年級之後，開始花更多時間寫作。她和媽媽將儲

藏室清理一下，然後在儲藏室的角落佈置一個小小的寫作場所。她的桌子是一塊門板，橫跨在兩個檔案櫃之間；她坐的是爸爸的紅色舊椅子，用的是爸爸那台老舊的麥金塔電腦。雖然不是一間小木屋或閣樓，但是很接近了，而且這是娜塔莉最接近爸爸的方式。

3 神秘男子

「妳打算怎麼處理這本書？」佐伊問：「等妳全部寫完之後？」

「現在還不知道。」在圖書館裡，娜塔莉把佐伊面前桌上的十二頁書稿整理起來。「也許會印一份給妳，一份給黎兒和阿光……可能會讓其他同學也讀一讀；甚至可能會給克蕾頓老師，看看語文課分數會不會高一點。」娜塔莉把手上的書稿遞給佐伊，佐伊把它塞到藍色資料夾中，和其他書稿放在一起。

佐伊搖搖頭，她的棕色鬈髮跟著擺動。「還有更好的辦法。我

覺得妳寫完之後應該拿給妳媽媽，她可以讓它出版。妳知道的，就是把它變成一本真的書。」

娜塔莉不以為然。「對啦，我媽會把它拿給老闆，說：『想不到吧？我女兒寫了這本很棒的小書。』然後她老闆會說：『哇，真讚！我們付她一些錢，立刻拿去印吧！』醒醒吧，佐伊，妳根本不了解出版業。」

「我很了解，」佐伊說：「我爸的辦公室有訂《出版人週刊》，每次我去他那裡，就會看看上面介紹了哪些暢銷書或是誰又談成了一筆大生意。」佐伊的爸爸是個律師，他總是向佐伊吹噓著大生意、著名的客戶這些事。

娜塔莉搖搖頭。「我也看過那本雜誌，而且，我去過我媽出版公司的辦公室，我看到成堆成堆的信封袋裝著新作者寄來的書稿，

大部分都沒有被出版。就這樣被堆在那裡！」

「噓！」圖書館員列維先生坐在櫃檯內，帶著怒氣瞪著她們。現在是星期四下午，已經超過三點了，而且圖書館裡只有她們兩個學生，即使如此，這還是列維先生的圖書館，他就是要圖書館安安靜靜的。

娜塔莉小聲地說：「我們走吧。」

佐伊從來不承認世界上有什麼事是她不知道或做不到的。她們收拾了外套和背包，就在往校門口走去的半路上，佐伊想到一個不錯的點子，不，是超級讚的點子。不過呢，她可不急著說出來。那樣有什麼樂趣呢？佐伊要讓娜塔莉自己心甘情願去做那件事。

於是，她開口說：「我知道怎麼樣可以讓妳的書出版。」

娜塔莉把背包甩到另一邊肩上，斜眼瞄著佐伊說：「喔，是

嗎？」嘲諷的語氣雖然只有那麼一絲絲，可是佐伊卻聽得再清楚不過了。

佐伊只說：「對，沒錯。」

從她們進德瑞中小學附設幼稚園的第一天起，娜塔莉和佐伊就是好朋友了。從一開始到現在，她們之間就是那種「一進一退、一拉一推」的友誼。兩個非常喜歡彼此，但是個性卻又很不一樣的人，相處起來就是這個樣子。

她們倆出了校門，站在人行道上。天氣晴朗，但是冷颼颼的風從哈德遜河上吹來，直掃河畔大道上的幾棟建築物。紐約的一月可不是什麼適合野餐的天氣。娜塔莉把連帽大衣上的毛帽戴上，說：「那妳的好主意到底是什麼？」

佐伊說：「妳知道希厄多・蓋叟嗎？」

娜塔莉搖搖頭說：「沒聽過……他也在這間學校嗎？」

佐伊看起來驚訝到不行，簡直像被嚇到了。「什麼？妳不知道誰是希厄多・蓋叟？不會吧？好吧，這個就是妳的回家功課囉。」

娜塔莉笑了出來。「妳根本就沒有什麼點子嘛，只不過是想把我耍得團團轉吧。」

佐伊搖搖頭，而且還擺出一付權威的架勢說：「不，我真的有一個計畫，一個很棒的計畫。不過，如果妳不知道誰是希厄多・蓋叟的話，那就對妳一點用處也沒有。所以，趕快回去查一查吧，可以的話，我們明天再討論。」

娜塔莉皺皺鼻子說了聲：「好！」然後轉身就走。她往南走向七十二街，再轉東走到百老匯大道上，坐巴士去媽媽位在中城的辦公室。大部分在城裡上學的學生會搭地鐵，那快多了，不過娜塔莉

覺得地底下太封閉，而且，巴士的味道比較沒那麼臭。反正娜塔莉不趕時間。今天，就像每一個上學的日子一樣，到回家前還有三個小時要度過。

佐伊則是在二十分鐘之內就會到家，她所需要做的只是舉起手來。這樣就會有一輛黃色計程車從河畔大道上竄出來，掉頭轉向，然後搖搖晃晃靠邊停下。佐伊住在東六十五街，她一向都是搭計程車回家。她一邊開後車門，一邊向娜塔莉大喊著：「記得喔，希厄多・蓋叟！」

娜塔莉這時已經快走到交叉路口。她轉頭對佐伊做了個鬼臉，吐吐舌頭，然後回過頭來繼續走，自顧自的微笑著。

佐伊可能是在整人，不過，偶爾她的確會想出很棒的主意。娜塔莉等不及想知道這個希厄多・蓋叟到底是誰。

4 都市小孩

娜塔莉的媽媽總是很擔心十二歲的女兒得自己一個人在紐約市穿梭，所以每天下午她都很緊張。她不喜歡這樣，但是也沒別的選擇了。週一到週五早上，她會在巴士站送娜塔莉坐上計程車。早上這個時間開往德瑞中小學的方向，和大部分車流相反，即使如此，這趟計程車還是要花九塊美金。如果是下午坐計程車到她位在洛克斐勒中心附近的辦公室，那就要花更多時間，車錢差不多是兩倍。

漢娜・尼爾森沒辦法負擔這麼多錢讓女兒都坐計程車通勤上學。

她雖然擔心，不過她知道娜塔莉是個熟門熟路的都市小孩，一直以來都是這樣。從她三歲起，她們一家還住在市中心曼哈頓時，她爸爸就教她迷路時要找警察。如果找不到警察，只能向帶著小孩的婦女求救，因為媽媽或保母都會幫助迷路的小孩。她也學會怎麼打公共電話或打一一〇。她爸爸把她教得很好。

娜塔莉知道在都市裡必須小心，不過她也知道沒必要隨時隨地提心吊膽。每天走路搭車去媽媽的辦公室，她覺得還好。以十二歲女孩來說，她長得滿高的，看起來像十四或十五歲。她很機靈，而且配備齊全。娜塔莉掛了一個哨子在脖子上，左腳鞋子夾層裡藏著二十美元鈔票。漢娜・尼爾森也讓女兒帶了一支緊急用的手機，只要按一個鍵，就會傳送簡訊給警方、給辦公室裡的媽媽、給傅瑞德叔叔。傅瑞德・尼爾森是她爸爸的弟弟。自從爸爸發生車禍意外之

後，叔叔總會花些時間陪陪娜塔莉。他的住處離德瑞中小學只有幾條街，辦公室就在麥迪遜大道。如果娜塔莉遇到任何麻煩，她可以很快獲得協助。

不過，媽媽還是會每週一次提醒娜塔莉一些基本原則：如果有人騷擾你，就大聲叫、快跑。絕對不要進入轎車或箱型車裡。如果有人要你靠近一點，就要往反方向跑。一定要走在人多的主要道路上。萬一有人抓住你，就咬他、抓他、踢他或大聲尖叫，想盡辦法掙脫，然後快跑，不斷尋求協助，用手機打一一〇。不要搭完全沒有乘客的公車，也不要搭太擠的公車；盡量坐或站在前面，靠近司機。不要進入陌生的大樓。

跟所有的都市小孩一樣，娜塔莉也發展出一種雷達。她會快速掃視前方的人行道，如果看到有人行跡可疑，或是向人要錢，或者

舉止怪異，她會設法避免跟對方有正面接觸。如果遇上了，她可以過馬路到另一邊，當然得要時機剛好能過街才行。以她十二歲的年紀，再加上好幾年在紐約市行走的經驗，對娜塔莉來說，如何避免麻煩幾乎已經是她體內的自動化功能了。

但是，不可能每件事都在計畫之內。有一次，巴士上的一個婦人對著娜塔莉的背包喊叫，像是在斥喝一條想要咬她的狗。娜塔莉很害怕，但她保持冷靜。當司機大喊說：「喂，這位女士，閉上嘴，否則就下車！」這個婦人就下了車，對著街角的一個垃圾桶尖叫。還有一次，娜塔莉懷疑一個帶墨鏡的高個子男生在跟蹤她。從七十九街到七十二街和百老匯大道的公車站，他一路走在她後面，還跟她上了同一班車。娜塔莉實在害怕極了，她覺得這個人在墨鏡後面的眼睛正盯著她。就在她準備向司機求救時，那個男生起身下

車，然後走進五十七街的一家大型書店。好險只是錯誤警報。

而今天這趟路，什麼事都沒發生。娜塔莉走進媽媽辦公室大樓的大廳，在櫃檯簽個名，進了電梯，按下十四樓的按鈕。電梯上到三樓，進來三個人，分別按了五樓、七樓、八樓的按鈕。幾乎每一層樓都有人進出，娜塔莉很快就被擠到後方。

她第一次到辦公室找媽媽，大約是在四年前。那時候的娜塔莉認為編輯童書是世界上最棒的工作。她本來預期會看到堆成小山的書，還有一個超級大而且嘈雜的工作室，可能有人在畫書的封面，有人負責印刷和摺紙，角落裡還有人把這些東西裝訂起來。

但她第一次來這裡所見到的是一個安靜的大房間，裡面裝著一間又一間小小的辦公室，組合起來像個迷宮似的。幾個編輯小組圍聚在不同的大桌邊低聲討論，到處有人坐在電腦前輕敲鍵盤。這裡

的確有很多很多書，疊放在眾多層架、箱子、書櫃裡，不過都是已經出版的書。娜塔莉很失望。出版公司真是個無趣的地方啊！

到了十四樓，電梯開了，娜塔莉走出電梯，踩在接待區厚厚的深綠色地毯上。接待人員正在用耳機講電話，他對娜塔莉揮揮手、笑一笑，按下門禁按鈕。右手邊的門嗶一聲，娜塔莉推門進入「小船少年出版公司」的編輯部。

她媽媽有個沒有窗戶的小辦公室，入口處掛了一個牌子寫著：「漢娜・尼爾森　編輯」。這個小房間有一扇門和天花板，不過基本上就只是個隔出來的空間。辦公室裡有個U形桌面，各面牆壁貼放著書櫃，每一吋空間都堆滿了紙張和書。此外就是一台電腦、兩個小檔案櫃、一張旋轉椅、一個塑膠垃圾桶，還有進門處放著一張椅子。所有的家具不是灰色，就是綠色的。

放在電腦螢幕上方唯一的東西，是裝在透明塑膠相框裡的一張照片，照片上是爸爸、媽媽和娜塔莉在一艘帆船上。每次娜塔莉去辦公室，第一個映入眼簾的總是這張照片。照片裡三個人看起來都很愉快，但是娜塔莉不記得去過那個地方。她多麼希望能夠記得。

「嗨，媽！」

漢娜・尼爾森坐在椅子裡旋轉了半圈，把娜塔莉拉過來抱了一下。她握著女兒的手一會兒，伸手撥開娜塔莉眼睛前的一撮金棕色瀏海。「寶貝，今天過得好嗎？」

娜塔莉點點頭。「不過，每個人都給了我一堆功課。我可以去買些點心嗎？」

「噢……去吧。」她媽媽旋轉了座椅，拉開一個抽屜，再轉回來遞給娜塔莉一些零錢。「可以幫我買瓶汽水或蘋果汁嗎？妳可以

在艾拉的辦公室裡做功課，她這個禮拜都不在。」

十五分鐘之後，汽水喝光，餅乾也吃完了，娜塔莉這時才想起佐伊交代的功課。她從艾拉的椅子上跳起來，從門口邊的書架上抓起一本辭典，翻到「蓋」的部分：蓋世、蓋頂、蓋……，就是沒有蓋叟這個詞。

她轉身回到座位上，挪一挪鍵盤旁邊的滑鼠，原本黑黑的螢幕就「活」了過來。她以前用過艾拉的電腦，知道該從哪裡找到自己要的東西。她點進一個「索引」資料夾，再點進「百科全書」。

百科全書打開來了，她又點了幾下進入搜尋模式。娜塔莉輸入「蓋叟」這個詞，然後按下執行鍵。

搜尋結果出現：希厄多・蓋叟。謎底揭曉。

5 計畫成形

「蘇斯博士❶。」

星期五朝會，這是娜塔莉見到佐伊的第一句話。

娜塔莉發現希厄多・蓋叟是蘇斯博士的本名時，一開始她並不明白佐伊的用意。她星期四在回家的巴士上努力思索，回到家後又

❶蘇斯博士（Dr. Seuss, 1904-1991）是美國著名的兒童文學作家，本名希厄多・蓋叟（Theodor Seuss Geisel）。他的作品以饒富趣味的韻文以及圖畫為主，作品繁多，暢銷歐美數十年。

想了一整晚。直到星期五早上，娜塔莉才大概明白佐伊要她去搜尋「希厄多・蓋叟」的原因。

朝會結束後，她們走向自然教室，娜塔莉裝出一副丈二金剛摸不著頭腦的樣子。如此一來，佐伊就會向她解釋一切。娜塔莉知道佐伊比較喜歡這樣。

「所以，妳明白了嗎？」佐伊問。

娜塔莉茫然望著她說：「明白什麼？」

「就是那個好主意啊，妳知道的，希厄多・蓋叟，就是蘇斯博士。」佐伊說：「妳可以用另外一個名字去投稿，這樣妳媽就不會知道是妳寫的！她讀過之後會喜歡這本書，然後就會出版它！很棒的點子，對吧？妳要取一個筆名，一個假的名字！」

娜塔莉安靜了幾秒，然後說：「妳是要我去騙我媽？」

佐伊做了個怪表情。「噢，拜託！」

佐伊和娜塔莉對於怎樣算是「欺騙」有不同的想法。娜塔莉總是毫無保留地說實話，每次說實話的結果都很好；而佐伊不是個騙子，但是只要有部分為真，佐伊就覺得可以了。她們以前曾經討論過這個話題，娜塔莉總是堅持要完全的誠實。

不過，今天佐伊可是有備而來。她說：「好，那妳告訴我，蘇斯博士也沒有用本名，所以他對四十億的讀者說謊了嗎？那樣算是說謊嗎？」

娜塔莉本來想回答，可是佐伊繼續發表她的論點：「大家都知道有個名叫馬克・吐溫的人寫了《哈克歷險記》，難道這就表示山謬・克萊曼說謊？娜塔莉，這不是說謊。自古以來都有作家使用筆名。妳是一個作家，用筆名是不會有問題的。」

娜塔莉說：「嗯……可是，難道希厄多・蓋叟對他媽媽也說謊嗎？難道妳不認為，她知道他就是蘇斯博士？」

佐伊需要思考一下，不過只想了幾秒鐘，然後說：「是啦，不過……不過我打賭他媽媽不是個編輯。如果他媽媽是編輯，而他拿一份作品給媽媽看，他媽媽可能會對他說：『噢，希厄多，寫得好棒喔，但這不是一本書。現在，快去外面打球吧。』然後，數百萬的小孩就不可能看到《戴帽子的貓》或是《火腿加綠蛋》這些書。這全都是因為他忘記使用筆名。我敢說，如果他媽媽是編輯，他一定會隱瞞本名，至少瞞一陣子。娜塔莉，妳要知道喔，她不只是妳媽媽而已。她是妳的編輯。」

佐伊伸手到座位後面拿背包，從裡面掏出藍色資料夾交給娜塔莉，然後說：「還你。我昨天晚上熬夜看到十一點。寫得很棒，比

我想像中還好，我等不及要看結局了。一定會是本很棒的書。」

娜塔莉安靜地坐在自然教室的實驗桌邊。佐伊也許說贏她了，但她還是不急。佐伊很了解她。娜塔莉總是要自己把事情徹底想過一遍，所以佐伊就假裝忙著在寫實驗筆記，並開始裝配實驗的線材和砝碼，用來組合成一台簡單的機器。

娜塔莉把書稿挪開，一邊慢吞吞從背包裡拿出自然課本，一邊說：「卡珊卓拉……卡珊卓拉・戴。我一直希望我的名字是卡珊卓拉。妳覺得這個名字怎麼樣？」

佐伊開心地笑著說：「很棒啊！」她伸出手示意娜塔莉握著，並開始上下晃動像是初次見面的握手一般，然後佐伊說：「卡珊卓拉・戴，很高興能跟這麼偉大的作家見面！」

6 現實的考驗

星期五整天，佐伊的興奮之情如潮水一般席捲了娜塔莉。但是在放學之後，她獨自一個人搭車去媽媽的辦公室時，卻必須開始面對現實。

首先，她的書還沒有寫完。不過，即使她完成了，真的有編輯會想看看這本書嗎？雖然佐伊喜歡，並不表示她媽媽也會喜歡。而且，萬一其他人覺得這本書真的很爛呢？

娜塔莉到達小船少年出版公司時，她告訴自己，別再打這個瘋

狂的主意。站在艾拉的辦公室門口，娜塔莉啜飲著草莓奇異果汁，看著作者從全國各地寄來的郵件堆積如山。裡面有咖啡色信封、白色信封、紅色鑲金色的信封搭配漂亮的字體。有的手稿從加州寄來，有的從伊利諾州、德州、佛羅里達州，數量有好幾百份。有些郵件是六個月前就寄出了，有一些根本還沒打開過。這裡簡直是未出版書籍的太平間。

娜塔莉喝完飲料，一屁股坐進艾拉的椅子。她拿起電話，按下「九」，然後撥出佐伊房間裡那支她專用的電話號碼。佐伊其實有兩支專用電話，另一支是她的專用手機。電話響第一聲，佐伊就接了起來。

「這裡是瑞斯曼家，佐伊・瑞斯曼的房間，我是佐伊。」

「佐伊？是我啦。那個主意太蠢了。」

「什麼？」

「出版我寫的故事啊……佐伊，這個主意行不通啦！就算我把書寫完了，也寫得還可以，還是沒有人會看的。就算有人會看，還是有一百萬本書比這本好啊。所以，有什麼用？」

電話另一端沉默了。

娜塔莉說：「佐伊？妳在聽嗎？」

佐伊的語氣聽起來很嚴肅。「讓我跟卡珊卓拉・戴說話。」

「佐伊，放棄吧。卡珊卓拉・戴死了啦。」

佐伊開始兇了起來。「如果妳不馬上叫卡珊卓拉・戴來聽電話，我就要打給警察，跟他們說有個長得跟妳一樣的女孩正躲在那棟大樓的十四樓，她綁架了一個天才叫卡珊卓拉・戴。妳現在就叫她來聽電話，不然接下來妳聽到的就是警笛聲。」

娜塔莉笑了。她知道佐伊不會善罷干休的，於是她停頓了一會兒，接著用一種比她平常還要低沉的聲音說：「喂，我是卡珊卓拉・戴。」

佐伊說：「感謝老天，妳沒事！現在聽好了，珊珊……」

娜塔莉覺得這個新的聲音很好玩，她打斷佐伊說：「噢，不不不，天啊！從來沒有人叫我珊珊。我叫做卡珊卓拉，我一直都是卡珊卓拉。」

若是平常，佐伊被打斷了一定會不高興，但她現在要集中焦點。「好的，卡珊卓拉。聽我說，妳不要相信那個賴皮鬼娜塔莉跟妳說的任何話，妳絕對是個好作家。有朝一日，妳的子孫將會讀到所有妳寫的書，但現在我們要設法讓第一本書出版，可以嗎？這件事妳得相信我。妳有在聽嗎？」

娜塔莉嘆了一口氣，但仍然用卡珊卓拉的聲音說話：「有，我在聽……不過我得說，妳真是個超級煩人又很難相處的傢伙。」

「戴小姐，我的部分由我來擔心就好，妳只要負責保持頭腦清楚。現在，妳回家去，這個週末繼續寫，可以嗎？」

娜塔莉沒有回答。五秒鐘過去了，十秒鐘過去了。

佐伊說：「卡珊卓拉？……妳會回家去，然後在這個週末寫出下一章，對吧？」

「我想是吧。當然，我會繼續寫的。」

「還有，卡珊卓拉！」

「怎樣？」娜塔莉說。

「很榮幸能認識妳，卡珊卓拉。再見囉。」

「謝謝，佐伊。拜拜。」

7 出版學問大

雖然卡珊卓拉・戴還活著，但是她並沒有達到最佳狀態。在跟佐伊講完電話後，娜塔莉坐在艾拉的座位上，看著那堆未被開封閱讀的書稿，並想像著如果自己的作品也在其中，那會是什麼感覺。她愈想愈沮喪，乾脆跑去媽媽的辦公室，坐在門口那張椅子上。她媽媽正在專心閱讀一份書稿，低頭看著那疊紙張，一隻手拿著紅色鉛筆，一隻手拿著橡皮擦。娜塔莉很不願意打擾媽媽，但她必須這麼做。她清了清喉嚨說：「媽，那一大堆信封袋裡面裝什麼？都是

書稿嗎？」

漢娜從工作中抬起頭來，說：「妳是指艾拉辦公桌上的，還是提姆那邊那一堆？」

娜塔莉的下巴都快掉下來了。「妳的意思是，還有更多喔？」

她媽媽笑著說：「還有很多很多呢。我們把那些全放在一起，叫它『堆肥坑』。如果有人沒問過我們想不想看，就把書稿寄來，就會被送到『堆肥坑』裡。那些叫做『主動來稿』。有些人寫了個故事覺得應該被出版，就會把稿子裝進信封袋，從電話簿或其他管道查到我們的地址，然後寄到這裡來。收發室每天都會拿給我們九到十封這樣的東西，星期一更多，大概是平常的兩倍。」

娜塔莉問：「會有人去讀那些東西嗎？」

她媽媽點點頭。「最後還是會讀。每個寄件者至少會收到一封

感謝函，但也不是真的感謝他們啦。從『堆肥坑』裡挖掘東西，是新手編輯的工作。像是艾拉或提姆有空的時候，就會去把那些消化掉。如果稿件實在太多，我們會請紐約大學或布魯克林學院的一些實習生來讀，然後處理掉。所以大部分人都是收到退稿通知。」

娜塔莉皺了皺眉頭。「這樣好像不公平吧。怎麼可以很快看一下就馬上說不要了呢？」

她媽媽正要回答時，蕾莎出現在門口。她沒搭理娜塔莉，直接開口說：「漢娜，妳今天要走之前，記得把崔佛的稿子放我桌上。妳快弄完了嗎？」蕾莎・史普林菲爾是漢娜的上司，小船少年出版公司的主編。她站在那裡，一邊眉毛挑高，雙臂交叉在胸前。娜塔莉的眼光不自覺地看著蕾莎的長指甲，她塗著鮮紅色的指甲油，映襯著淺黃色絲質襯衫。

漢娜說：「我大概再一個小時就看完了……可以嗎？」

蕾莎微笑著，但笑容很冷。她說：「我昨天就要了……」然後她看了娜塔莉一眼，繼續說：「我知道妳很忙，但是今天一定要給我，可以嗎？」說完就轉身離開。娜塔莉瞪著那女人的高跟鞋在地毯上留下的凹陷鞋印。

漢娜說：「寶貝，我得繼續工作了。妳先去待在沒人注意到的地方，好嗎？」

一個半小時後在巴士上，娜塔莉在媽媽旁邊坐好。她說：「我還是想知道，為什麼你們辦公室的人只是看一眼稿子，就可以決定要退稿？那不公平。」

「我以前也這樣覺得，」她媽媽說：「不過，後來我自己清理了一大疊『堆肥』，花了整整一個禮拜。大約有百分之九十九的來

稿，妳只要看一頁，甚至一頁都沒看完，就知道它不夠好。像是文筆不通順、角色不突出、主題沒新意、情節太平凡等，滿枯燥的。偶爾會發現一篇有點原創性的作品，會有它獨特的風格。這樣的好作品就像是雪地中的一朵玫瑰，只要能發現一篇，你就會明白為什麼要花時間在『堆肥坑』裡閱讀。」

娜塔莉搖搖頭。「但如果好的作品這麼少，妳們怎麼能夠每年都出版那麼多書？」

「嗯，首先，我們有認識的作者，可能是以前就合作過的，或者是在其他出版社出過書的。這些已經成名的作者寄來的稿子，我們是不會把它送進『堆肥坑』的，我們會馬上看。不見得會出版，但還是得先看看合不合適。不過，這些稿子總是會被認真看待。另外，還會有探員寄來新手作家的作品。」

「探員？」娜塔莉問：「像 FBI 情報員嗎？」

她媽媽笑了。「不是，是書探，應該叫他們經紀人才對。經紀人為作家工作，也為插畫家工作。經紀人會拿一些他們認為好的作品給我們看，如果我們買下這個作品，那位作者或藝術創作者就會付一些錢給經紀人。我們出版的新書，大部分是經紀人介紹的。」

娜塔莉點點頭，然後轉頭看向車窗外。其實沒什麼好看的，因為她們正塞在林肯隧道裡，緩慢地移動著。隧道裡橘黃色的照明燈光，在天花板和牆壁上的磁磚跳動不已。娜塔莉總是想像著哈德遜河上的渡輪和貨船正在她頭頂上嗚嗚駛過，她也會想到千斤萬擔的河水重量壓在隧道上。這讓她有一種受困的感覺。

當媽媽解釋這些出版事務給她聽的時候，她也有同樣的感受。以前不了解這些事情，感覺還比較有趣。那時候，書店像是個奇幻

仙境，新書不斷在眼前閃現，像魔法一樣。

那天晚上在家裡，晚餐吃過，碗也洗好了，娜塔莉跟媽媽一起去錄影帶店租了兩部影片。娜塔莉一點都不想動筆，直到星期六早上，卡珊卓拉・戴都還沒有現身。

8 說話高手

有些人是說話高手，有些人是寫作好手。佐伊一直都是說話厲害的那一型。

就像其他說話高手一樣，剛開始佐伊是個聆聽者。她聽媽媽說話，聽兩個姊姊說話，聽她的保母說話，聽爸爸說話。在她說出任何字句之前，她曾著迷地聽著每一段談話，並揮舞雙手，唧唧咕咕發出聲音。

佐伊說的第一個字是「ㄅㄚ」，當時大家都以為她是在叫「爸

爸」。不過，她其實在各種情況下都會發出這個音。有一陣子，她的每件事情、每個東西都是「ㄅㄚ」，或是「ㄅㄚ、ㄅㄚ？」或是「ㄅㄚ！ㄅㄚ—ㄅㄚ—ㄅㄚ！」隨著佐伊的字彙逐漸增多，她了解到說話是有目的性的。說話的目的就是，如何下命令、如何讓別人知道自己需要什麼。佐伊會說的第一句話是：「吃蛋！」到了三歲時，她的兩個姊姊已經知道最好不要和她吵架，因為佐伊總是贏，一定會贏。

和娜塔莉一樣，佐伊也喜歡書。在她小時候，媽媽和保母總是唸故事書給她聽，但她從來沒想過要當一個作家，她對寫作一點興趣也沒有，不過她倒是會去想像和一個作家談話會是什麼樣子。她希望能夠打電話給羅德．達爾，問問他為什麼詹姆士遇到的是飛天巨桃，而不是飛天巨瓜。如果那本書名改成《飛天巨瓜》，一定會

更好笑。

佐伊的父母第一次和幼稚園老師正式晤談時，聽到的內容並不太好。佐伊不喜歡分享，不喜歡聽別人說話，要發言時也不會舉手等老師叫她，她會直接講。老師說故事給全班聽的時候，如果佐伊已經聽過，她會說：「我早就知道這個故事了。」接著就把結局告訴大家。

而且佐伊總是樣樣事情都要爭論。吃點心也要爭，睡午覺也要爭，哪個布偶是最棒的也要爭，無論什麼都要爭辯一番。老師舉例說：「當她學會了辨認幾種主要顏色後，會跟我們爭辯那些混合色應該怎麼稱呼。像佐伊就堅持紫色應該叫葡萄色，橘色應該叫果汁色。你知道，我們只是想幫助她上小學時能順利一點，不過我必須跟你們說，老師們都很頭痛。」

坐計程車回家的路上，佐伊的媽媽很擔心。她媽媽艾美・瑞斯曼搖搖頭說：「我就知道會這樣，我們寵壞她了。我應該多花一些時間在佐伊身上，應該教她怎麼樣跟大家好好相處。」

但是佐伊的爸爸說：「放輕鬆啦，佐伊又沒做錯什麼事。她很聰明的，只要她發現必須跟別人一起合作，她就會做得很好。」

結果，她媽媽和爸爸都說對了。佐伊是有點被寵過頭，也有點倔強，不過，當她在幼稚園裡認識了娜塔莉・尼爾森，她馬上就學到，如果她想交到朋友，就不能總是要別人聽她的，只要大部分時候聽她的就可以了。

星期六早上，佐伊在七點鐘醒來。首先，她意識到今天是星期六，所以翻個身繼續睡，接著她想到娜塔莉的書。佐伊從床上坐起

來，瞬間就清醒了。卡珊卓拉・戴還身處險境，佐伊必須去救她。

佐伊馬上起床換好衣服，然後很快地整理一下亂糟糟的房間。至少先整理好一半，才能應付媽媽來突襲檢查。她很確定爸爸會去辦公室，她想跟他一起去。她爸爸每天都工作得很晚，只有星期天是和全家人一起過。佐伊很喜歡她爸爸，如果她想單獨跟他相處，就只有星期六了，而且今天她真的必須去他辦公室一趟。

佐伊的臥室在他家那棟高級獨棟別墅的三樓，是最小的一間房間。她輕輕地關上門，踮著腳尖走過姊姊們的臥室，然後下樓。一到二樓樓梯間，她就聞到了咖啡香。

佐伊打開一樓廚房的門，她爸爸一手拿著報紙，一手拿著馬克杯，抬起頭來對她笑。「哈囉，早起的鳥兒，妳今天早上要當我的助理嗎？」

佐伊也綻開笑容說：「我以為我是你的合夥人，而不只是個助理呢。」

「噢，我說錯了。」他抱了一下佐伊，在她臉頰上親了一個有咖啡味的吻。「妳要快一點，帶著妳的早餐，合夥人。我們給妳媽留個字條就要出門囉。」

大約八點，佐伊就和爸爸出門了，整座城市還很安靜。他們往西走到萊辛頓大道，招了一輛計程車，向四十六街及第三大道駛去。佐伊這一路從坐計程車到坐電梯上四十七樓，都沒說什麼話。她正忙著思考，而她爸爸似乎也察覺到了。大部分時候，佐伊會覺得爸爸很好相處。如果她想和他說話，爸爸就會說；如果她都不出聲，爸爸也會跟她一樣。這樣讓她覺得很自在。

佐伊的爸爸羅伯・瑞斯曼是法律事務所的合夥人，也是資深主

管。克普瑞聯合律師事務所的裝潢雖然不鋪張，但是設備完善。對佐伊來說，這個地方很大。舒適的接待區有皮沙發及兩張扶手椅，圖書室裡面有高大的書架和一個裝在滑軌上的梯子。大會議室非常寬敞，放著一張長長的木質桌子，另外有幾間小會議室，還有給其他同事和年輕職員的數間辦公室。甚至還有一個螺旋梯通往四十六樓的辦公室和檔案室。

佐伊覺得她爸爸的辦公室是公司裡最棒的。從窗戶往下望，可以看到東河一直流到布魯克林橋。有時候，佐伊會在寬闊的窗台上坐個一小時，看船、看直升機、聽爸爸講電話。她爸爸也是說話高手那一型，跟佐伊一樣，他很擅長在爭辯中獲勝。

今天爸爸有很多電子郵件要回，所以佐伊要自己安排時間。她去接待區那裡翻雜誌，一本接著一本，直到找出最新一期《出版人

週刊》。之前她跟娜塔莉說，她在爸爸的辦公室讀過這本雜誌，並沒有吹牛，只不過，她其實沒有很仔細地看過。她把最新一期帶到大會議室裡，關起門來，坐在大桌子最前面的主位。她把雜誌攤在面前，翻過十六頁廣告頁之後才找到目錄。

佐伊瀏覽著雜誌的各個部分，大略讀過一篇在講驚悚小說的文章，然後讀了一篇報導，內容是關於一本兒童讀物改編成電影的合作案。雜誌裡的廣告一頁接著一頁，還有很多新書書評，像小說、知識讀物、旅遊書、童書、神秘故事、歷史書……等。

大約讀了一小時後，佐伊覺得暈頭轉向。看這本雜誌讓她想起一段經驗。去年夏天，在她們家族位於康乃狄克州的農場裡，她翻開一片又大又平坦的石塊，看到數千隻螞蟻及小昆蟲萬頭鑽動，往各個方向爬來鑽去。那裡面有路徑和隧道，以及許許多多小房間和

大房間，工作中的昆蟲在其間匆匆疾行，搬運著樹枝、葉子或卵，是一個具體而微的世界。而現在，她窺看的是書的世界，出版人的世界。佐伊必須承認，出版一點都不簡單。

佐伊曾跟娜塔莉爭論把書送去出版的可行性，結果她獲勝了，而且還成功地說服娜塔莉不要放棄。佐伊搖搖頭想著：那現在該怎麼辦呢？娜塔莉的書實在很棒，我想幫她，可是該怎麼做？

佐伊走出會議室，把雜誌放回原位，然後走進爸爸的辦公室。她爸爸盯著桌上的筆記型電腦，在鍵盤上打字，老花眼鏡掛在鼻尖最低的地方。佐伊往大窗邊的沙發重重地躺下去。

她爸爸暫停工作，抬頭看著佐伊。佐伊說：「爸，如果你寫了一本書，你會用什麼辦法讓它出版？」

他望著佐伊。「我？寫書？我怎麼會想要去寫書？我永遠不會

寫一本書的。」

「好啦好啦！我是說『假設』你寫了一本書，你會怎麼讓它出版呢？」

爸爸把背向後靠，慢慢地來回旋轉他的座椅。他瞇起眼睛，搔搔下巴。佐伊喜歡看爸爸思考的樣子。他嘟著嘴，然後問：「是什麼樣的書？」

佐伊聳聳肩。「我怎麼知道？任何書都有可能。」

她爸爸笑一笑。「好吧！首先，就像我以前常常跟妳說的，在某些情況下，『事情』不是重點，『人』才是關鍵。所以，我會先找一個很厲害的經紀人，像鬥牛犬那樣有戰鬥力的人。這種經紀人絕不會接受對方說『不』。然後，我們就要展開部署，訂定策略，鎖定最好的出版社和最棒的編輯好手。接著，我只要對我的鬥牛犬

指出那塊肉，說：『快去拿回來！』這樣就好了。所以，『人』才是關鍵。這就是為什麼需要僱請一個經紀人的原因。經紀人的任務就是要把書稿交到最適合的人手裡，這本書才能有好的機會。接下來，就要看這本書能不能自己撐起來了，對吧？」

佐伊點點頭說：「對。」

「所以，如果這本書還不錯，它又被交到對的人手裡，接著就會『蹦！』，出版了。還有問題嗎？」

佐伊搖搖頭。

接著她爸爸說：「妳為什麼在想這件事情呢？」

「噢……只是好奇。我在接待區看到一本《出版人週刊》，就想到這件事。」佐伊知道這個回答不完全是實情，但是，就眼前來說已經夠了。

她爸爸把椅子轉回來朝向桌子。「嗯，我再五分鐘就做完了。妳可以準備走了嗎？」

佐伊點點頭。「隨時都可以。」

在回家的計程車上，佐伊很安靜。她專心地思考著。對佐伊來說，這表示她正在跟自己辯論：「首先，娜塔莉的書很棒。妳怎麼那麼肯定呢？我就是很肯定。妳可以想到任何比它更好的書嗎？不能？所以，就像我說的，這本書很好。這就表示如果這本書交給一個適合的編輯，這個編輯一定會喜歡它的，對吧？所以，我們所需要做的，就是找一個經紀人，保證能讓卡珊卓拉·戴的書被看到，對吧？沒錯！」

這個週末接下來的時間，佐伊忙得很。她花了些時間在網路上搜尋資料，在二樓爸媽的小書房裡用電腦和印表機來工作，還花了

很多時間思考。

佐伊想讓這本書出版。當然，她很喜歡這種挑戰，但不只是這樣。她不只是為了要證明她能做到，而是為了娜塔莉，為了娜塔莉和她媽媽。

因為佐伊了解她們。當你和一個人做朋友很長一段時間，你會了解到一些事。佐伊還記得娜塔莉的爸爸，他是那種你不會忘記的人。比爾・尼爾森並不是長得很帥，但是他非常親切又非常風趣，那會讓你覺得他也算是個滿帥的男人。他跟弟弟傅瑞德一起開了家廣告公司，叫做「尼爾森創意」。傅瑞德負責業務上的事，比爾則發揮他的想像力。

娜塔莉的爸爸很喜歡做廣告，尤其是有趣的那種。他的第一個大案子是電視廣告，業主是柏瑞家具公司。這支廣告開頭是一張沙

發躺在大床上，沙發在做夢，夢到它長了翅膀，然後飛到天空中，還有其他十幾張沙發也都飛了起來，在空中排成人字型的雁鴨飛行隊形。然後，一架噴射機經過，鏡頭照著飛機，進到飛機內部，裡面居然不是飛機座椅，而是成排的柏瑞沙發，坐在上面的人看起來都十分舒服。接著打出一行字幕：「別再做夢了，跟柏瑞一起飛吧！」這支廣告一播出就造成轟動，柏瑞沙發從全國各地的家具店接連售出。從那時起，各家公司得要排隊才能聘請到比爾・尼爾森為他們的產品塑造良好形象。

佐伊當然不清楚那些細節，她所知道的只是娜塔莉有多愛她爸爸，而失去爸爸又給她帶來多大的打擊。事情發生在她們二年級的時候。在意外過了大約四個月後，有一天娜塔莉去佐伊家過夜。要就寢前，佐伊的爸爸來到臥室把她們趕上床，他彎下腰親了佐伊並

說聲晚安。佐伊轉頭過去看娜塔莉，她永遠忘不了娜塔莉當時臉上的表情，生氣、溫柔、受傷、堅強，都在那一瞬間出現。從此以後，佐伊就很小心，從來不在娜塔莉面前提起跟爸爸相處的時光。她不想傷害她的朋友。

到現在，四年過去了，佐伊在閱讀娜塔莉寫的書時，她更明白了。不是因為書裡的那個主角安琪拉，因為這主角跟娜塔莉本人並不像，而是她看到這個主角的爸爸在故事裡出現，這位父親從頭到尾都站在安琪拉那一邊。即使是安琪拉被抓到作弊，爸爸也沒有放棄她。他看到女兒是如此孤單，所以他決定涉入。他知道作弊是和另一件事有關。在故事裡，當學校懲罰安琪拉的時候，是他爸爸站出來對抗校長和行政人員，而他所做的，就是把學校欺瞞所有老師及學生的那些事通通抖出來，於是安琪拉的爸爸成為英雄。

娜塔莉說到她寫的書時，她說這個故事講的是安琪拉和她的朋友，不過佐伊知道不只是那樣。這是有關一個女孩和她爸爸的書。這本書，就像是娜塔莉寫給爸爸的一篇祭文。

這就是佐伊花了整個週末思考和計畫的原因。讓書可以出版，對娜塔莉好，對她媽媽也好。

到星期一早上，佐伊已經胸有成竹了。

9 經紀人

星期一早上，娜塔莉下計程車的時候，佐伊已經在校門前的人行道等她。佐伊一看娜塔莉的臉就知道：卡珊卓拉・戴又死了。

佐伊用一副興高采烈但是聽起來不太自然的聲音說：「嗨，娜娜！週末寫出好東西了吧？」

娜塔莉嘴唇緊閉，搖搖頭，眉頭皺了起來。她走過佐伊身邊，上了學校階梯。

佐伊緊跟在她身後。「別這樣嘛，娜塔莉，不要放棄。我想到

一個全新的點子，真的很讚喔！」

過了玻璃門之後，娜塔莉轉身說：「聽著，我們可不可以不要再談這件事了？很抱歉我把我寫的爛故事拿給妳看。我們把它忘掉，好嗎？」雖然嘴上這麼說，娜塔莉心裡比誰都清楚，要佐伊中途停下來，就像是要猩猩丟開香蕉一樣困難。

佐伊一副公事公辦的態度。她說：「妳生氣生完了吧？我有重要的事情要說。我跟我爸談過了，也想過了，卡珊卓拉・戴需要的是一個好的經紀人。妳知道經紀人是什麼嗎？」

娜塔莉嘆了一口氣，把背包卸下，重重放在地上。「我知道經紀人是什麼，我也跟我媽談過，所以我知道要找到一個經紀人，幾乎跟出書一樣難。」

「嗯，如果我已經幫你找到經紀人了呢，你覺得怎麼樣？」

「妳開玩笑的吧？」娜塔莉說。

「才不是。」佐伊說。

「那……是誰？」娜塔莉謹慎地問。她很感興趣，甚至覺得有點受寵若驚。

佐伊笑了。「好，她叫做雪莉・克拉區，她跟我爸認識超過十年了。多虧了我，她知道妳的事，而且很感興趣……即使書還沒寫完也沒關係。」

娜塔莉瞇起眼睛，上下左右打量著佐伊。「嗯……這其中一定有詐，對吧？」

「沒有，真的。真的沒有任何問題……除了……」

「啊哈！我就說吧，」娜塔莉不等她講完，「除了什麼？聽起來就很有問題。快說！」

佐伊繼續說：「嗯……妳不是卡珊卓拉・戴瑪？嗯……雪莉・克拉區……就是我！懂了吧？我是妳的經紀人！」

此時娜塔莉的表情，就像是情緒百科一樣，從驚駭、懷疑、失望，然後生氣。她抓起背包，在原地繞了幾個圈子，接著走上樓。「不好笑，佐伊。這一點都不好笑。」

佐伊又跟在她屁股後面。「聽我說啦，娜娜。我可以的，我真的可以。經紀人就是替作家工作的人，就是真的相信那個作家很棒的人。我知道妳的書很棒，我知道我可以讓妳媽把它當一回事，這本書有機會的。我就是知道！」

娜塔莉沒有停下腳步，也沒有轉身。她在走廊轉角左轉，朝她的置物櫃走去，還故意大跨步地走。佐伊快步向前擋住她。娜塔莉比佐伊整整高出一個頭，佐伊覺得快要被她壓倒了。

娜塔莉停了下來。她咬著牙，目光凌厲地低頭看著佐伊的臉。

佐伊說：「娜塔莉，拜託啦，讓我試試看嘛，會很好玩的，而且我知道我做得到……我真的知道我可以。妳不覺得雪莉・克拉區就是個超完美的經紀人名字嗎？」

有一部分的娜塔莉很想直接推開這個女生走掉，然後永遠不再跟她說話。不過，做為寫作者的那一面卻讓她打消了這個念頭。在不到一秒鐘的瞬間，以一個寫作者的角度，她的心向後退了一步，觀察著眼前的狀況。佐伊，她很荒謬嗎？的確。但是，她也是極度忠誠、極度熱心、極度自信的。此刻，她們兩人站在走廊上，幾十個學生從她們身邊川流而過，熙來攘往。置物櫃的砰砰聲、笑聲、吼聲、嘈雜聲，從四面八方包圍著她們。在這一瞬間，娜塔莉明白了什麼才是重要的。書有沒有出版無所謂，佐伊是不是瘋了也無所

謂，最重要的是佐伊這個人，佐伊這個朋友。

所以娜塔莉只好翻了個白眼，笑一笑。接著，她握一握佐伊的手，化身成作家的聲音說：「克拉區小姐，我是卡珊卓拉‧戴。我聽我朋友佐伊說妳是一個頂尖的經紀人。可不可以請妳先自我介紹一下？」

利用早上幾堂課之間的空檔，佐伊把她的計畫告訴娜塔莉。娜塔莉不得不承認這些點子實在很令人驚艷，雖然很瘋狂，不過還是令人印象深刻。除此之外，就像往常一樣，佐伊想要一手包辦所有的事情。

吃午餐的時候，娜塔莉說：「佐伊，這聽起來很不錯，但是我想請克蕾頓老師也讀一讀我寫的書。關於這件事，她可能會有一些

想法。」

佐伊看起來很受傷。「克蕾頓老師？她懂什麼？」

娜塔莉聳聳肩。「我不知道。就是因為這樣，所以我才想拿給她看看。」

「可是，我已經計畫好每件事了。」

娜塔莉瞇起眼睛。「每件事？我可不這麼認為。我的意思是，比如說，妳看這個。」娜塔莉指著一張專用信紙，那是佐伊週末在家裡用電腦設計並列印出來的。「佐伊，我很不想跟妳說，但……這信紙看起來不像真的。」

「我知道，」佐伊說：「這張只是樣本。我會拿去『快續印刷』用精美的紙印五十張。」

「我的意思不是那樣。」娜塔莉指著信紙最上面的那行「雪莉

克拉區著作經紀公司」說：「妳看，沒有公司地址，沒有電話號碼，沒有電子郵件信箱，沒有傳真電話。這樣沒有人會相信的。」

佐伊看了娜塔莉一眼，眼神裡說的是：「妳真的以為我有那麼蠢嗎？」她拍拍娜塔莉的手臂說：「相信我，我已經全都想過了，真的。這是我的工作，記得吧？但是，如果克蕾頓老師來參一腳會讓妳覺得比較好的話，也沒關係，我會想出怎麼做的。而妳目前所要做的就是——完成這本書，其他的事都交給我。」

娜塔莉希望事情真的有那麼單純，不過她比任何人都明白，由佐伊來掌控的話，事情絕對不會那麼簡單。

10 被拖下水的大人

在教師休息室內，蘿拉・克蕾頓把吃過的午餐垃圾分類丟進回收筒，有玻璃、紙張、塑膠。她把裝沙拉的空盒子沖乾淨時，從洗手台上的鏡子瞥見自己。她看起來好累啊。這是她教書的第二年，而一月份才剛過去，蘿拉・克蕾頓就必須不斷提醒自己，她熱愛她的工作。

克蕾頓老師看看時鐘，然後打開門，迅速走向她的教室。她覺得自己還沒有準備好去上六年級這堂課。其實所有六年級的課，她

從來都不覺得已經準備好了。這是她教過的學生中最富挑戰性的一群，偏偏十二點半到一點半是她一整天精力最差的時段。

儘管她出身於紐約市最好的一所私立中小學，儘管是在巴納學院獲得學士學位，儘管是在堤岸教育學院獲得碩士學位，甚至當過實習老師，都無法讓她覺得已經準備好去面對每天課堂教學的苦差事，尤其是星期一下午六年級這班。

德瑞中小學很重視寫作，關於這一點，蘿拉・克蕾頓舉雙手雙腳贊成。學校的課程大綱要求學生每週至少要寫三篇作文，這一點克蕾頓老師也完全同意。寫作是非常重要的技能，可是她一天要教五堂語文課，從五年級到八年級。克蕾頓老師教的班級平均只有十三個學生，即使如此，就算給每個學生出一份只有一個段落的短文寫作作業，她就得花至少四小時去閱讀、寫評語，然後給分。

蘿拉有一群在大學認識的朋友還住在這個城市裡。他們不明白為什麼蘿拉不能像以前一樣，在晚上一起出去聚會或看表演。他們上班的地方是銀行、廣告公司、百貨公司、或是出版社，甚至還有個朋友在聯合國工作。有時候他們前一晚只睡四小時，那些工作還能讓他們在隔天上班時混水摸魚一下。克蕾頓老師曾有一、兩次前一晚只睡四個小時，然後隔天還要教五堂課。現在她可學乖了。

在克蕾頓老師教室的掛鐘下，擴音器傳來知更鳥的叫聲。那是二月份的上下課樂聲。四年前，新校長到任之後就把鐘聲改成預錄好的上下課響鈴系統。今年以來播過的聲音有：座頭鯨鳴聲、野鵝叫聲、籃球彈跳聲、竹風鈴聲以及莫札特的長笛獨奏曲。

雖然以前那種上下課鐘聲已經沒有了，但鳥叫聲仍然具有相同效果。學生們從一間間籠室裡衝出來，瞬間填滿整個校園。下課時

間的歡樂與混亂，使得德瑞中小學兩棟建築物轟隆隆地震動著。接著，音量比下課鐘聲還要大的知更鳥吱啁聲傳來，神奇地導引著每個學生移動到另一間籠室，而六年級的十四個學生就是在語文教室上語文課。克蕾頓老師打起精神，六年級的課要開始了。

大約五十分鐘後，語文教室裡的知更鳥叫聲再次響起。克蕾頓老師發下作業紙，解釋如何寫一篇論說短文，然後宣佈下課。學生們離開教室準備去上體育課，克蕾頓老師拿起板擦開始擦黑板。她很有條理地把黑板擦乾淨，一邊暗自評量自己。整體來說，這堂課上得還不錯。她帶全班讀了三篇社論，它們的主題相同，但是刊在不同的雜誌上。接著他們一起找出這三位作者所使用的說服性字眼及筆法。討論得很熱烈，但又不會過分脫序，而且大部分都是由學

生發表意見。總之，這堂課上得很不錯。現在她有一個小時的空堂，接著才是今天要上的最後一堂課。這個星期一就快過完了。

擦完黑板，轉過身，克蕾頓老師看到佐伊和娜塔莉站在桌邊。

克蕾頓老師說：「女孩們，有什麼事嗎？」

按照之前演練過的，由娜塔莉先開口。「克蕾頓老師，我和佐伊想成立一個寫作社，我們在想，妳是不是可以當我們的顧問？」

克蕾頓老師對她們笑一笑，然後坐到椅子上。「寫作社？妳的意思是，文學創作之類的？」

娜塔莉點點頭說：「對，就是那樣。文學創作。」

克蕾頓老師很高興。娜塔莉是個有天分的寫作者，輕易的就超越班上其他學生，甚至比七、八年級的學生還優秀。不管她出什麼作業，娜塔莉・尼爾森的作品總是最出眾。

她轉而面向佐伊。佐伊的文筆還不錯，但是跟娜塔莉不能比。

克蕾頓老師說：「那妳呢，佐伊？妳也想參加寫作社嗎？」

佐伊說：「噢，是啊，我想參加。」

「妳們想邀請其他高年級的加入，」克蕾頓老師問：「或只是想辦六年級的社團？」

佐伊說：「嗯……其實，我們希望只有我們兩個人而已。因為……嗯……我們想辦的比較像是……像是出版的社團。」

克蕾頓老師挑起眉毛說：「出版的社團？」

「對，」佐伊說：「因為……嗯……是這樣的，妳知道娜塔莉很會寫作吧？她呢，就快要寫完她的第一本小說了，真的是很棒的小說，非常棒非常棒，然後呢……娜塔莉的書一定要出版才行，就是……就是一定要。所以，我們真的很想成立一個出版的社團。就

是這樣。」

「出版……出版的社團？」克蕾頓老師被這個點子搞糊塗了。

佐伊點點頭。「嗯，娜塔莉是作者，我是她的經紀人，而老師妳呢……妳是我們的顧問。妳可以幫助我們，幫我們讓娜塔莉能夠出書。這樣就是一個出版的社團。」

兩個女孩站在那裡等著。娜塔莉的臉都紅透了，她低頭看著自己的腳，困窘得不得了，但佐伊可不會。她傾身向前，兩隻手撐在老師桌上，盯著克蕾頓老師的臉。

克蕾頓老師不知道該說什麼。這樣聽起來很合理，以六年級學生來說。不過呢，不知怎麼的，感覺上就是會有麻煩，雖然她不太明白為什麼這樣覺得。她正要搖搖頭，正要找藉口拒絕，正打算開口說：「不用了，謝謝！」這時佐伊拎起背包，掏出娜塔莉的書稿

放在桌上。

佐伊說：「嗯，現在我們得去上體育課了，所以明天早上我們會再和妳討論。書稿在這裡，妳要讀喔，真的很棒。明天見。」

知更鳥的聲音又從掛鐘下的擴音器傳來，佐伊牽起娜塔莉的手，把她拖往門口去。

克蕾頓老師對她們揮一揮手，外加一個有點昏頭的微笑，說：

「是……好的。明天見。」

11 歡迎入社

蘿拉・克蕾頓坐在桌前。放學後的傍晚，學校漸漸安靜下來，不過她一點都沒有察覺到。她一直在閱讀。現在，她讀完了。

佐伊說的沒錯，娜塔莉所寫的《作弊》是一本傑出的小說。在佐伊把書稿放在她桌上之後，克蕾頓老師在空堂時已經讀了一部分。放學後她又回到座位，一動也不動地直到讀完最後一頁。就跟佐伊一樣，克蕾頓老師已經等不及要看接下來的幾章了。

這本書寫得很深刻，但是也很有趣。克蕾頓老師已經深深被故

事中的角色所吸引，主角是紐約市一所私立學校的四個好朋友。這本書的情節安排得出奇高明，而且探討了一些重要的課題，例如忠誠與友誼，以及在對與錯之間的判斷與學習。

在將近結尾的地方，有一個段落深深吸引住她。那一段是敘述主角安琪拉望著她爸爸。爸爸在校長辦公室裡，安琪拉在外面透過玻璃窗看著裡面發生的事。

> 我爸爸很禮貌地坐著聽席普斯校長講話。席普斯校長想盡辦法要把我送去特殊學校，是那種專門給麻煩學生去的學校。我不需要聽到他講那些話，只要看他的臉就知道了。他想拿我來開刀，殺雞儆猴。這其實不完全是針對我，而是跟他的統治有關，他要牢牢地掌控學校。從他臉上我就能明白這一切。

現在，席普斯校長站起來踱步，不過仍舊在他的辦公桌後。他總是在他的辦公桌後。那張桌子是一道柵欄，是一個城門，是他城堡的護城河，他就躲在那裡。只要待在辦公桌後，他就會覺得安全。

突然，我爸爸也站了起來。我看到他的側臉。他搖頭表示否定。他不會聽進那些壞話。事情的癥結不是我，他清楚得很，他太了解我了。爸爸傾身向辦公桌，席普斯校長往後退一步，就好像胸膛被一隻手指頭推了一下。

我爸問了個問題，我可以從他傾斜的下巴看出那是個問題，我可以看到那個問題懸在那張寬闊辦公桌的上空。我知道那問題是個挑戰，是一封投向城堡的戰書。

席普斯校長一動也不動，他接不下那個挑戰，他沒有拾起戰

書，而那個問題就這樣在辦公桌的上空悶燒著。我知道爸爸獲勝了，他為我打這場仗，而且贏了。

他走出辦公室時，我站了起來。爸爸對著我微笑，就像陽光從雲後透出來般。「走吧，安琪拉。我們回家。」

爸爸頭也不回地走出去。

我也是。

娜塔莉的寫作中蘊含的力量及深度，讓克蕾頓老師很驚訝。如果結尾也像這前十五章那麼好，《作弊》是她會買給自己和班級閱讀的書，而且她也會推薦給所有的朋友。如果不是教過娜塔莉五個月的語文，她不會相信一個十二歲的孩子能寫出這樣的作品。

星期二早上，克蕾頓老師走向教室，一手提公事包，另一手拿著一杯咖啡。她走過二樓走廊的轉角，看到娜塔莉和佐伊站在她的教室門口。

「克蕾頓老師，早。」娜塔莉說。佐伊則是對他揮揮手，說了一聲：「嗨。」

克蕾頓老師笑著說：「女孩們，早。」她放下公事包，從外套口袋裡掏出鑰匙來開教室的門。佐伊幫忙把門推開，跟著老師進入語文教室。娜塔莉還杵在門口，直到佐伊比個手勢要她進來，她才踏進教室。

克蕾頓老師把咖啡放在桌上，公事包擺在椅子上，然後走到衣櫥那裡把外套和圍巾掛起來。她背對兩個女孩，說：「我看過書稿了。昨天在這間教室裡讀過，回家之後又看了一次。」她轉身看著

娜塔莉，笑著說：「娜塔莉，佐伊說的沒錯，這是一本非常棒的小說，而且只要妳寫完，我相信會有人願意出版的。」

娜塔莉臉紅了起來。她驚訝地吞一下口水後說：「妳真的這樣想嗎？」

克蕾頓老師點點頭說：「嗯，雖然我不是出版社的人，可是我讀過很多書。我想我可以分辨得出來什麼是好書。」走到桌邊，克蕾頓老師從公事包裡拿出裝書稿的檔案夾，放在桌面綠色的記事本上，然後她把公事包放到地上，坐了下來。「拉兩張椅子過來吧，我們來談談社團的事。」

兩個女孩把外套脫掉後坐下，娜塔莉坐右邊，佐伊坐左邊。克蕾頓老師說：「嗯，我們都知道這裡是紐約市，有很多出版社，我們可以從電話簿中查到三、四家出版社的地址。等娜塔莉寫完她的

書，我們就可以把書稿寄給其中一家出版社……或者這三、四家都寄。至於該如何進行，我很樂意幫妳們，然後我們就等待回音。妳們心裡是這樣想的嗎？」

佐伊在椅子上挪了一下身子，說：「噢，不完全是。」

娜塔莉說：「是這樣的，我媽在出版社工作，我曾經去過她工作的地方。我知道如果作者就這樣把書稿寄過去，會有什麼結果。如果我們照妳剛剛說的那樣做，我的稿子就會被埋在一大堆類似的信件中。」

佐伊點點頭。「我爸爸說，除非找到一個經紀人，不然沒有人會去讀那個稿子。所以我要當娜塔莉的經紀人。」

「妳要當她的經紀人？」克蕾頓老師喝了一口咖啡，然後說：「噢，對，妳昨天說過了。然後呢？」

佐伊往前坐在椅子邊緣，眼睛發亮。「然後，我們希望娜塔莉的媽媽是第一個讀到稿子的編輯，可是我們不想讓她知道那是娜塔莉寫的，因為……」

「因為妳們希望她媽媽是客觀的，沒有被其他因素所影響，是嗎？」克蕾頓老師說。

佐伊說：「對。」

接著，佐伊把她的計畫全盤托出。佐伊在解釋的時候，娜塔莉注意看著老師的臉。那表情不太妙。

「所以我們就打算這樣做！」佐伊說：「妳覺得怎麼樣？」

克蕾頓老師將椅子往後挪了一下，然後坐直。「我不知道。要用筆名啊……然後妳假裝是娜塔莉的經紀人，這樣子感覺上不太誠實……而且，我甚至不知道這樣是否合法。」

娜塔莉踢踢佐伊的椅子。「看吧？」她說，然後轉向克蕾頓老師，「我早就跟佐伊說過了。我跟她說用假名字就像在說謊，我說我不想這樣做。」

克蕾頓老師說：「娜塔莉，我擔心的不是把妳的名字換過。佐伊是對的，使用筆名完全可以被接受，而且從很久以前就有很多作家使用筆名。像《愛麗絲夢遊仙境》的作者就是用筆名；有一個法國女作家用喬治桑這個男性的名字當筆名，還有很多的例子。用筆名沒有關係，是佐伊要假裝成經紀人這一點讓我擔心。」

佐伊搖搖頭。「但我不是要假裝成她的經紀人，因為我真的就是她的經紀人。我知道我還是個小孩，可是，有人說過經紀人一定要很老嗎？」

克蕾頓老師斜望著佐伊，然後又喝了一口咖啡。接著她說：

「嗯，大部分的經紀人是大人，但是，如果娜塔莉請妳幫忙讓她的書出版，那……我想，妳就成為她的經紀人了。不過實際上並沒有這家叫做雪莉克拉區的經紀公司啊。」

佐伊說：「可是，大家不都是會為他們的公司取個名字嗎？就只是取個名字而已嘛。那是很正常的，不是嗎？」

克蕾頓老師說：「嗯，是啊……我想是吧。」

「所以，我就是在幫我的新公司取個名字——雪莉克拉區著作經紀公司。」佐伊說。

娜塔莉說：「可是，連妳的名字也要改成雪莉・克拉區耶。」

佐伊用威嚇的眼光瞪了娜塔莉一下，說：「如果我們的顧問說不行，那我就不能用假名。如果那會引起麻煩……那……那就用我自己的名字，由雪莉克拉區經紀公司裡的我，來跟妳媽連絡。」

娜塔莉哼了一聲。「是喔，說得好像我媽不會馬上認出妳來。」

佐伊轉向克蕾頓老師。「我們可以有小名的，對不對？」

克蕾頓老師點點頭表示同意，但是表情很疑惑。

佐伊繼續說：「所以我會用我奶奶叫我的小名。她都叫我『佐佐』。我是雪莉克拉區經紀公司的佐佐……佐佐・『雷』斯曼。」

佐伊在唸她的姓時，故意把「瑞」唸得像是「雷」。

娜塔莉說：「妳的姓不是那樣唸，是唸『瑞』，不是『雷』。而且，當妳必須寫信簽名的時候，簽的還是『瑞斯曼』啊，那樣我媽就會看出來了。」

佐伊回嘴：「娜塔莉，我不是紐約市裡唯一的瑞斯曼，只要查查電話簿就知道了。去啊，去查看看，幾千幾百個人都姓瑞斯曼，而且，誰說我的姓一定要這樣唸？我想怎麼唸都可以，是不是，老

師？」克蕾頓老師這下子好像變成裁判，她點頭同意佐伊。

佐伊現在根本是用辯論的口氣在說話。「所以，用這個方法絕對行得通。娜塔莉是卡珊卓拉・戴，這點沒問題，因為她是一個作家；把公司取名叫雪莉克拉區經紀公司也沒有問題；而我自稱佐佐・『雷』斯曼，也沒有問題，因為那還是我的真實姓名，我只是把唸的方式稍稍改了一下，以保護我的作者身分。所以，我想每件事應該都沒問題了吧？」

佐伊看看娜塔莉，再看看克蕾頓老師。克蕾頓老師看看佐伊，又看看娜塔莉。然後娜塔莉和克蕾頓老師一起看著佐伊。克蕾頓老師嘆口氣說：「我大概得去醫院檢查一下我的腦袋了，不過我同意妳的說法，佐伊。我想妳剛剛說的完全合法，而這本小說也真的存在，所以我們不是在詐騙任何人。所以呢……」克蕾頓老師越過桌

子，握了握娜塔莉的手，又握了佐伊的手。她笑著說：「小姐們，我想我們的出版社團成立了。接下來呢？有什麼想法嗎？」

娜塔莉說：「想法？那可是佐伊的專長，而且妳會後悔問了這句話。」

接下來發生的事，證明娜塔莉說對了。

12 要退出嗎？

現在已經有一個大人被拖下水，這讓娜塔莉覺得放心一點。佐伊看起來並不像瘋到沒個章法，另外令人振奮的是，克蕾頓老師喜歡她的書。娜塔莉覺得她可以再度提筆寫作了。在那一週之內，她每天晚上花兩個小時寫作，而且星期六和星期天的下午都在用功。本來她就只剩下三章要寫，到了星期天晚上整本書就完成了。

星期一早上坐車進城時，她媽媽說：「娜娜，這個週末我們相處的時間不多，妳看起來好像很累。最近是不是功課變多了，還是

那只是我亂想的？」

娜塔莉笑著說：「對啊，功課變多了，不過我還創作了一些東西，所以才這麼忙。」

「是語文課的創作嗎？」

娜塔莉停頓了一下，然後說：「嗯，算是啦。」

「有時候我覺得妳們的語文老師有點過頭了。她人是很好，給妳的評語真的很棒。不過呢，小孩子不需要時時刻刻都在用功。對不起，妳們學校參觀日那天我沒辦法去，不然就可以跟她見面談談。我有點想打電話給她，請她偶爾放鬆一下。」

娜塔莉搖搖頭。「不是啦，媽，不是像妳想的那樣。我寫的東西大部分是……是我自己想寫的。」

她媽媽笑了。「喔，我很高興妳喜歡寫作，不過妳還是應該找

時間多休息啊。而且如果妳有時間可以陪我去買東西，或者偶爾去看個電影，那也很好啊。」

娜塔莉對媽媽笑了笑。她說：「對不起，媽。下週末就不會這麼忙了，我保證。」

星期一下午，「出版社團」在語文教室聚會時，娜塔莉把最後的稿子一份給佐伊，一份給克蕾頓老師。她有點害羞地說：「我寫完了。妳們要讀一讀，看看這個結局好不好。」

佐伊握緊了那疊稿紙，然後說：「我實在等不及了！」

克蕾頓老師笑著說：「我也是。娜塔莉，我相信一定很棒。」

她們星期二早上再度碰面時，每個人都認為這個結局很完美。書已經完成，該是送去出版社的時候了。

既然稿子準備好了，佐伊開始全速進行她的計畫。在星期二下午的語文課後，佐伊交給克蕾頓老師一個大的黃色信封。克蕾頓老師在空堂時拆開信封，裡面有一張佐伊打好字的信，另外還有一個小信封。克蕾頓老師拆開小信封後，猛吸了一口氣。那裡面裝的是五百美元現金。

克蕾頓老師開始讀佐伊的信。

親愛的克蕾頓老師：

首先，別被另外那個信封嚇到了。我知道那是一大筆錢，不過那是我生日和過年存下來的紅包錢，我想怎麼用就可以怎麼用。那真的是我自己的，所以不必擔心。接下來要說明的是，我們要做的事情有哪些。

克蕾頓老師讀著佐伊鉅細靡遺的指示，她的眼睛愈睜愈大。

克蕾頓老師在看信的第二頁時，艾齊校長剛好經過語文教室門口。他停下來，走進教室。

「蘿拉？」他叫了一聲。

克蕾頓老師猛地抬頭，看到是校長，趕緊把佐伊的信翻面蓋住那個裝錢的信封。

艾齊校長看起來有點擔心。他說：「妳還好吧？」

「還……還好？」克蕾頓老師結結巴巴地說：「喔，是啊，沒事，我很好。我只是……我……我在準備最後一堂課。」

艾齊校長笑笑說：「不好意思，嚇到妳了，妳看起來好像看到鬼一樣。」

克蕾頓老師不太自然地笑出聲，而且音調有點高。「看到鬼？喔，沒有啦，我只是有點累，沒什麼。我很好……真的很好。」

「喔，好，那就好。」艾齊校長正要轉身離開，又停了一下開口說：「喔，我是要來跟妳說，這週我們要找個時間談談教學觀摩的事。我會放一張通知在妳的信箱裡，好嗎？」

克蕾頓老師點點頭。「好的，謝謝校長。」

艾齊校長走了，克蕾頓老師把信翻過來看完。然後，她走向掛在門邊的電話分機，打內線到辦公室。

「喂，什麼事？」秘書的聲音從話筒裡聽起來鼻音更重、更刺耳。范瑞琪太太很久以前就在德瑞中小學服務了，那個年代的信件都還是用打字機打字，各學年的報告也都是用手寫的。在學校所有教職員中，范瑞琪太太是克蕾頓老師唯一不敢直接用名字叫她的

人。她叫做艾娜。

「范瑞琪太太嗎？我是蘿拉・克蕾頓。」

「我知道。有什麼事嗎，克蕾頓小姐？」

「范瑞琪太太，可不可以請妳通知佐伊・瑞斯曼，請她放學後來找我？」

「妳知道她的課表嗎？」

「不……不知道。不過我知道她現在正在上體育課。」

「很好，我會設法通知她。」

「謝謝妳，范瑞琪太太。」

范瑞琪太太沒有回話，她不喜歡對人說「不客氣」。

放學後，佐伊出現在語文教室，克蕾頓老師也不拐彎抹角了。

她拿起佐伊寫的信和那包錢說：「妳聽好，佐伊。我覺得這樣不好。妳要我去花一大筆錢。妳要我去租一個辦公室、僱一個總機人員，還有其他什麼的，我……我……我不知道這樣弄下去，最後要怎麼收拾？」

佐伊一動也不動。「要怎麼收拾？等娜塔莉出了書就結束啦，而且我們也不是真的租一個辦公室。妳有讀過我寫的整封信嗎？我們只是要去租那種馬上可用的辦公服務。只要付三百五十美元，我們就可以有個地址，還可以有一支電話、傳真號碼和答錄機。如果有人在上班時間打電話來，總機小姐就會接起電話說：『雪莉克拉區著作經紀公司，你好。』我們只要按月付錢就好，這樣沒什麼不對啊。開公司做生意的人都是這樣的。如果我年紀夠大，這些事我就可以自己來，但是我不夠大，所以這是妳要做的部分。」

克蕾頓老師左右為難。她想著要怎麼跟艾齊校長解釋。她看到自己坐在一張很厚重的椅子上，坐在五樓那間滿是橡木裝潢的董事會會議室裡，面對所有那些一絲不苟、皺著眉頭的德瑞中小學董事們。她想像自己被指控「不適任」，然後永遠不能再當老師。

她苦笑了一下，說：「佐伊，我知道妳要我做的事情是哪些，但是，如果我能夠跟妳父母談談這件事，我覺得比較好。其實，妳不覺得應該去請他們幫忙做這些事嗎？為什麼不請他們參與呢？」

佐伊抿著嘴唇。「我不要我爸媽參與，因為只要一讓他們加進來，他們就想掌控所有事，至少我爸媽會這樣。我和娜塔莉希望這件事由我們兩個自己完成，如果讓我爸或我媽參與進來，就不是我們自己做的了，絕對不是。我們會找妳是因為，嗯……因為妳人很好，而且很聰明。」

佐伊停了大概五秒鐘，然後接著說：「但如果妳不想當我們的顧問也沒關係。娜塔莉覺得妳是最適合的人，我也這麼覺得。如果妳不覺得妳可以幫我們，我想我們會去找別人。」佐伊又停頓了一下，然後說：「我想高斯維老師可能會幫我們，妳覺得呢？」

克蕾頓老師明白佐伊在玩什麼把戲。佐伊在暗指她是膽小鬼，而高斯維老師不是。佐伊可能是對的。高斯維老師教社會科，他在這個學校五年了，他是那種會反抗威權的人。他是校刊編輯，還擔任足球校隊教練，總是充滿活力。每年秋天他都會參加紐約市馬拉松比賽，去年夏天還划著獨木舟沿哈德遜河上溯，直達阿第戎達克山脈。最重要的是，他長得英俊瀟灑。幾乎所有德瑞中小學的女生都迷上了高斯維老師，連克蕾頓老師也不例外。

克蕾頓老師臉紅了。佐伊切斷了所有退路，如果她現在退出，

就會被認為是膽小鬼。但她不是，雖然她從來沒參加過馬拉松。

克蕾頓老師學到一件事，這是幾年前佐伊的姊姊們也學到的：跟佐伊吵架，一定會輸。

四十五分鐘之後，蘿拉・克蕾頓坐在「無限辦公室」的接待區內，在一張小桌子上填寫申請表。

公司名稱：雪莉克拉區著作經紀公司
營業性質：作家代理
租用人姓名：蘿拉・克蕾頓
租用期間：☑月租制　☐年租制

這部分的表格很單純，正如佐伊所說的那麼簡單。佐伊已經把這一切都調查得很清楚。

接著，克蕾頓老師勾選了佐伊所要求的幾項設備：

服務需求：

☑電話線路　☑電話答錄　☑呼叫器　☑傳真

☐電子郵件　☑郵寄地址　☐速記服務　☐快遞人員

☐聯邦快遞　☐桌上型電腦　☐筆記型電腦

☐網路線路　☐辦公空間（附家具）　☐辦公空間（不附家具）

表格底下有很多條文，最後是簽名處。蘿拉停頓了一會兒，深吸一口氣，簽下名字。她站起來把表格交給櫃檯後方的經辦人員。

那個年輕的女人算了算一個月的費用，抬起頭來說：「總共是三百四十八美元。請問要用什麼方式付款？」

蘿拉打開皮包，伸手摸到佐伊給的現金，腦中突然浮現一個想法。她沒有拿佐伊的錢，而是掏出自己的皮夾，打開後抽出一張信用卡。她交給經辦人員說：「用信用卡付，謝謝。」

克蕾頓老師瞬間覺得好多了。也許幫忙這兩個女孩是瘋狂的行徑，也許她根本不該這麼做，但是，至少她能夠不動用到佐伊的任何一分錢。這樣一來，就沒有人能指控她花掉一個貧困又無助的小孩的錢。想到將「貧困又無助的小孩」這形容詞用在佐伊身上，克蕾頓老師忍不住要爆笑出來。

三分鐘後，經辦的小姐交給克蕾頓老師四件東西。第一件是個小小的黑色呼叫器，第二件是一張紙上列出新的電話號碼、傳真號

碼和郵寄地址，第三件是一張紙上說明了「如何錄製貴公司的答錄語音」、「如何撥打與收聽貴公司的答錄語音」、「如何使用呼叫器」。給克蕾頓小姐的第四件東西，是一張付款收據。

「無限辦公室」位在百老匯大道前端，距離克蕾頓老師住的公寓只有五條街。在回家的路上，她去銀行開了一個新戶頭，把佐伊的三百四十八美元存進去。克蕾頓老師把這本新存摺塞在她的皮包最底層，然後把那張付款收據連同剩下的一百五十二美元，放進佐伊給的信封裡。這樣一來，她把信封交給佐伊時，看起來就像是用佐伊給的現金去租辦公室。

克蕾頓老師腳步輕盈地走在百老匯大道上，她覺得生氣蓬勃，充滿精力。披薩的香味混合了一○四號公車的廢氣味，路燈在暮靄中看起來既明亮又活潑。她在九十八街右轉時，想到剛剛所做的

事：辦公室、錢、呼叫器、新戶頭。她忍不住笑了起來。她很高興沒有叫娜塔莉和佐伊去找別人當顧問。她心想：「我做到了！雪莉克拉區著作經紀公司開張。我是什麼也不怕的克蕾頓老師！無所畏懼的克蕾頓老師！」

又走了十步路，她想：「對啊，沒錯。我是有點瘋狂的克蕾頓老師，我就是這樣。不管發生什麼事，我就是要在裡面參一腳。這會是個冒險之旅！」

13 開張營業

到了星期五下午，所有事情都準備妥當。

佐伊把電話、傳真號碼，以及辦公室地址都打在「雪莉克拉區著作經紀公司」的專用信箋上。她也跑去萊辛頓大道上的「快續印刷」，用品質精美的紙張，印出五十張信箋。她還印了二十五份大張的地址自黏標籤。

娜塔莉把她的小說做了最後修改，並在電腦上把行距改成兩倍間距，然後印出兩份稿子，一份要寄給出版社，一份自己留著。稿

子總共有九十七頁，書名頁上寫著：

作弊

卡珊卓拉．戴／著

看著這一頁，娜塔莉整個人起了雞皮疙瘩。

打給漢娜．尼爾森的第一通電話非常重要，佐伊很擔心。

佐伊和娜塔莉星期五下午上的是體育課。佐伊說：「等一下我打給你媽的時候，她會說我可以寄書稿給她。等她收到之後，她一定會讀一讀的。」佐伊沉默了一下，然後說：「我爸跟我說過，如果妳想讓某個人同意妳，就不要問出可以讓對方回答『不』的問題，可是我不知道該怎麼做。妳知道嗎？」

娜塔莉搖搖頭、聳聳肩。她們倆都沒說話，坐在泡棉軟墊上，等著輪到她們走平衡木。

娜塔莉突然想到一個點子。她說：「假如不用跟她講到話呢？」

佐伊說：「怎麼說？」

娜塔莉一邊向她說明，佐伊就一邊點著頭說：「對喔！就是這樣！我怎麼沒想到？」

娜塔莉嘻嘻一笑，說：「因為，有的時候聰明的作者得幫她的笨經紀人一把啊，就是這樣。」

三點十分，德瑞中小學已經是一片寂靜。三點十五分，娜塔莉用穿堂的公共電話打給媽媽。

「漢娜・尼爾森。」

「媽，是我。我還在學校，所以會晚點到。妳今天還好嗎？」

她媽媽回答時，克蕾頓老師從二樓往下看著穿堂，娜塔莉轉身對克蕾頓老師豎起大拇指。克蕾頓老師迅速走回語文教室，探頭進去說：「可以了，佐伊。娜塔莉跟她媽媽在講電話。」

佐伊坐在克蕾頓老師的位子上，很快地在她手機上按了七個號碼，然後按下撥號鍵。十秒鐘後，她聽到娜塔莉媽媽的聲音：「這裡是小船少年出版公司，我是漢娜‧尼爾森，目前忙線中，請在『嗶』聲後留下您的姓名及電話，我會盡快回電給您。」

過去兩天以來，佐伊一直在練習她做為經紀人的聲音，練到快把娜塔莉搞瘋了。佐伊本來講話就很快，但是佐佐講話要更快；佐佐的聲音也比較低沉些。更重要的是，這個佐佐的嗓門很大，而這點是佐伊決定的。

所以，在『嗶』聲後，佐佐馬上開始用她練習過的嗓音留言。克蕾頓老師在語文教室外的走廊把風，她能聽到門內傳來佐伊的聲音表演。「漢娜，我是雪莉克拉區經紀公司的佐佐・『雷』斯曼。是這樣的，我有一本很棒的書稿，是由一位叫做卡珊卓拉・戴的作家寫的。妳得看看這本書。我已經請人今天下午把書稿送到妳的辦公室，妳真的要看看。雖然這是她的第一本小說，但我知道很多編輯會有興趣，可是卡珊卓拉希望先給小船審閱，因為她喜歡妳編的書。我最近常常不在辦公室，妳可以打212-555-8878這支電話，如果我不在，辦公室會呼叫我。看完之後妳覺得如何請盡快回覆，因為我剛剛說過，很多人都很有興趣。謝謝，再見。」

佐伊掛了電話，心跳加速。

克蕾頓老師回到走廊邊，向娜塔莉揮揮手。娜塔莉跟她媽媽

說：「嗯，我再一下下就要走了，所以大概半小時後會到。」

她媽媽說：「不用趕。我今天本來想早點走，可是現在大概不行了。蕾莎交代的工作趕得十萬火急，而且我的電話整天響不停。所以，寶貝，把妳的功課帶來這裡做吧。待會見。」

四點二十五分，娜塔莉步出電梯到達小船少年出版公司。她走向櫃檯，把一包厚厚的咖啡色信封袋交給接待人員，然後笑著說：「有一個送快遞的先生送來這個，是要給我媽的。你要登記嗎？還是我直接拿給她就好了？」

櫃檯人員看一看地址條說：「只要蓋上日期，然後我簽個名就好了。」他在信封正面蓋章，發出「喀嚓」的聲音，然後在日期下簽了名。這樣郵包看起來變得更正式了。「交給妳囉。」他把信封

袋交還給娜塔莉，然後按下門禁鈕讓她進去。

娜塔莉在迷宮般的辦公室裡，彎來拐去地到了媽媽工作的小隔間裡。她口乾舌燥。即使已經來過幾百次，她感覺自己好像間諜一樣偷偷潛進一棟陌生的建築物。

「嗨，媽。」

她媽媽坐在椅上轉了一圈並對她微笑，娜塔莉看了一眼電腦螢幕旁的電話。留言燈沒亮，這表示媽媽已經聽過佐佐的留言了。

「這個，」娜塔莉把信封袋交給媽媽，「是給妳的。」

漢娜・尼爾森看看信封袋。地址條是用亮綠色墨水印的。她把寄件人唸出來。「雪莉克拉區著作經紀公司？我剛聽到留言，但我不認識她呀……唉，好吧。」她把信封袋放在電腦旁的一堆紙上。

「娜塔莉，可以幫我買杯果汁之類的嗎？我忙到還沒吃午餐呢。」

娜塔莉買回兩罐蘋果汁和一包餅乾。媽媽像敬酒一樣舉起果汁罐，娜塔莉也舉起罐子碰了一下。媽媽說：「敬我們的週末！」

就在這時，蕾莎走進來。她輕手輕腳地踏進這個辦公間，歪著身子去看漢娜的電腦螢幕。娜塔莉聞到蕾莎身上強烈的香水味，不由得後退了一步。

蕾莎帶著僵硬的笑容說：「我也喜歡週末，不過時候還沒到。妳校對過所有修改的部分了嗎？印務經理為了這個，每半小時就打電話給我。我們沒交出去的話是不能離開這裡的。」

她瞄一眼漢娜的工作桌，抓起那個信封袋問：「這是什麼？」

漢娜說：「那個喔，只是一份書稿。是一間新的經紀公司送來的，好像叫做雪莉什麼的。」

蕾莎唸出地址條。「雪莉克拉區……喔，對，我聽過她，她應

該很厲害。好啦，妳校對完就馬上跟我說，可以嗎？另外，我要妳週末時看一下這份東西。」蕾莎把信封袋丟回漢娜的腿上，旋風般地走出去。

漢娜搖搖頭，對娜塔莉苦笑了一下。「週末的事情還真多。好啦，我要繼續工作了。提姆大概已經離開了，所以妳可以去坐他的位子，好嗎？」

娜塔莉說：「好啊，媽。」

走向提姆的小隔間時，娜塔莉努力憋住不笑。小船少年出版公司的主編，居然假裝自己知道雪莉克拉區著作經紀公司，而且還叫她手下最棒的編輯去看看那本小說，一本十二歲小孩寫的小說。

單獨躲在提姆的隔間裡，娜塔莉才敢笑出來。這是有史以來第一次，她很高興她媽媽有個愛生氣，還自以為什麼都懂的上司。

14 審判日

在蕾莎要她媽媽讀一讀那份書稿之後，卡珊卓拉・戴忍不住想趕快把這個意料之外的進展告訴她的經紀人。

事實上，娜塔莉是拿起了提姆桌上的電話，撥了佐伊的號碼。才撥到一半，她突然停下來對自己說：「我真的希望佐伊這個週末每隔五分鐘就打來問我說：『她有沒有看？她看了沒？』嗎？」於是娜塔莉放下電話。

不到一會兒，她還是拿起話筒撥了佐伊的電話。她覺得佐伊還

是應該知道最新的進展。娜塔莉心想：「不過，她不需要知道每一件事，以免我們之中任何一個人在週末整天提心吊膽。」

「這裡是瑞斯曼家，佐伊・瑞斯曼的房間，我是佐伊。」

娜塔莉壓低聲音，因為她媽媽的辦公室就只距離三公尺左右。

「佐伊？是我。書稿已經到了，在我媽的辦公室裡。」

佐伊興奮極了。「太棒了！她會不會看？她有沒有聽到我的留言？她有沒有起疑？」

「我知道她聽到妳的留言了，她沒有懷疑什麼。我滿確定她會看的，所以我們就看看接下來會怎麼樣。」

「妳知道的，」佐伊慢慢說：「其實妳可以再使點力，像是把信封袋拿起來說些『這一份不曉得寫得好不好？』之類的話。」

娜塔莉微笑著，但她故意用一種嚴肅的聲音，希望佐伊能冷靜

一下。「不行，我覺得我們最好是讓事情自己發展。如果一週內都沒有消息，也許妳可以再打電話給她。」

佐伊不喜歡這樣。「一週？妳瘋了嗎？一週已經是天長地久了！如果三天之內她沒有回覆，我就要衝刺了，火力全開！」

「好啦，佐佐，放輕鬆。我要掛電話了，如果有發生任何事，我會讓妳知道，好嗎？」

佐伊說：「嘿！也許妳可以提議說要唸給她聽啊。妳知道的嘛，那就像是在辦公室幫她的忙。」

「佐伊，」娜塔莉說：「不行，絕對不行。我們要有點耐心。」

「是啦，」佐伊說：「對妳來說當然簡單。」

「對我來說當然不簡單啊，佐伊。我跟妳一樣也很想知道她到底怎麼想，但是我們要一步一步來，好嗎？」

她們都在電話中沉默了一陣子，接著佐伊說：「好吧。妳是對的……我想。」

「有任何消息的話，我會打給妳，我保證。」

「好。」佐伊說：「再見。」

她們在星期五晚上七點五十五分終於離開了辦公室。娜塔莉看到雪莉克拉區經紀公司寄來的那個信封袋，從媽媽的公事包側袋露了出來。

娜塔莉試著找出自己的感覺是什麼。她說不上來，到底自己是高興、害怕，還是麻木。佐伊很早以前曾經對她說的話，現在居然成真了。突然間，她媽媽不再只是她媽媽而已，她是她的編輯。漢娜・尼爾森是第一個以專業眼光來讀《作弊》這本書的人。她的媽

媽將要把娜塔莉寫的故事，跟這五年內她在小船出版公司看過的其他書稿放在一起比較，而那些書稿都是由暢銷的、成名的、專業的作家所寫的。娜塔莉有點想把那個信封袋從她媽媽的公事包裡抽出來，丟到垃圾桶去。可是太遲了，審判日即將到來。

不過，審判日不是在星期五。晚上她們到家時，娜塔莉和媽媽又馬上出門去一家中式餐館吃飯，然後趕去最近的電影院看了晚場電影。那是一部英國片，劇中有一半的人衣著華麗，而另一半人穿得像乞丐。這部影片的故事很有趣，還有一大堆動作場面、一點點浪漫的情節，但娜塔莉無法專心看電影。她一直想著那個信封袋還在公事包裡，公事包放在她們家玄關的一張椅子上。

星期六也不是審判日。上午她們去超市採買，然後回家洗衣服，接著她們花了兩個小時把屋子整個打掃過一遍。然後就是晚餐

時間了。

吃過晚餐後，娜塔莉回房間看書，她心中暗自希望，媽媽一個人獨處的時候能想起那份稿子。大概九點的時候，娜塔莉打開房門，輕輕走到客廳。從一株很大的綠色盆栽後面偷偷窺看。她看到媽媽在沙發上睡著了，腳擱在茶几上，一本雜誌攤放在腿上，整個人浸浴在靜音電視那閃爍跳動的光線中。

後來，娜塔莉躺在床上，翻來覆去睡不著。她想到有成堆的信件，此刻正堆在艾拉暗暗的辦公室桌上。那每一封信都代表來自某地方的一個人，娜塔莉知道他們每個人的感受。今晚，那些人就睡在數百張不同的床上，在數百個不同的城鎮裡，在數十個不同的縣市中。每一天，這些人醒來後會想著：「也許編輯今晚會讀我寫的東西。也許編輯今天會打電話給我。」而每一天，那些寫作者都在

想，今天會不會有信送來，也許就是從紐約市傳來的好消息。

娜塔莉覺得有罪惡感。她的信封袋並不在暗暗辦公室的那一堆信件裡。她寫的故事，現在就在編輯的公事包中，而這位編輯的上司還叫編輯回家讀一讀她的稿子。

娜塔莉在床上坐起來，看看時鐘。現在已經快半夜了。她摸索著床頭櫃上的電話，按下發光的數字鍵盤。

佐伊在第三聲鈴響時接了電話，電話那頭的聲音聽起來昏昏沉沉、不太高興。「喂？」

「佐伊，是我。我要告訴妳發生了什麼事。」

花了兩分鐘時間，娜塔莉跟佐伊說，她的稿子是怎麼跟著編輯回家的。

佐伊整個清醒過來。「那她看過了嗎？她喜歡嗎？看完之後說

了什麼？快，快跟我說呀！」

「嗯……她還沒看……還沒看啦！」

「她還沒看？那妳半夜打電話給我幹嘛？」

娜塔莉遲疑了。「因為……因為我覺得很糟。我覺得自己好像我書中的那個女孩，我覺得自己好像也在作弊。在我媽辦公室裡還有很多其他的作品，那些她永遠不會去看的稿子。而我的稿子在這裡，在一長列隊伍的最前面。這樣感覺不公平。就這樣。」

「不公平？誰說事情是公平的？從來就沒有什麼事是公平的，娜塔莉。妳是很棒的寫作者，而其他人，像我這樣的人就不是。你說這樣公平嗎？公平嗎？」

「嗯……我想是不公平，」娜塔莉說：「但妳所擅長的部分，我就很差勁。」

「這就對啦！」佐伊說。「每個人的才能不同。看起來似乎不太公平，但其實不會。妳媽媽是一家大出版社裡的好編輯，其他那些人的媽媽並不是。這樣公平嗎？」

「不……不太公平。」

「當然不公平，但事情就是這樣。妳難道沒有很努力地寫書，就像其他寫作者那樣努力嗎？」

娜塔莉回答時點點頭：「不是啊，我很努力的。」

「那妳知道為什麼妳的書會被看到，而其他書不會嗎？因為妳做了妳會做的事，妳媽媽做了她會做的事。妳可是很努力地寫了一本很棒的書啊！」

說到這裡，佐伊刻意停頓了一會兒，接著她又說：「妳的書將會出版，而其他人的沒有，還有另一個原因。」

娜塔莉說：「什麼原因？」

佐伊用她那最佳經紀人的聲音說：「因為妳有個很厲害的經紀人，而其他那些笨蛋沒有！聽著，卡珊卓拉，我要給妳一個良心的建議，妳有在聽嗎？掛掉電話，好好睡一覺，不要想太多。妳們藝術家都是一個樣，不停地想啊，想啊，想啊。不要擔心，親愛的，佐佐會好好照顧妳的。」

掛掉電話之後，娜塔莉覺得好多了，不過她還是過了一個鐘頭後才睡著。

而佐伊這邊，即使她剛剛那樣教訓了卡珊卓拉一番，卻也是躺在床上想了好一陣子。

到了星期日，事情發生了。傍晚時分，娜塔莉做完數學和語文

作業後，躺到懶骨頭沙發裡讀著社會科關於古代埃及人的資料。懶骨頭沙發躺起來很舒服，而她前一晚又太晚睡，所以後來是媽媽把她從沙發中搖醒。

「娜塔莉，妳絕對想不到！妳記得蕾莎要我帶回家看的這份稿子嗎？我把稿子打開，想說給她個交代，然後我就開始讀了，這實在是……哎，我簡直停不下來！這是我近年來所讀過最好的作品之一！而且，這是個校園故事呢！這不是很棒嗎？」

娜塔莉很想用雙手圈住媽媽的脖子，然後狂哭一場。她想對媽媽說：「媽，是我寫的！我寫的！我是為妳而寫，為爸爸而寫的。我好高興妳喜歡它！」

但是她不能，她沒有這麼做。娜塔莉嚥了口水，笑著說：「那很棒啊，媽。真的有這麼好嗎？」

她媽媽興奮地點點頭。「這裡面貫穿著一種很奇妙的感覺……我的意思是說，雖然有些地方需要修改一下，不過，這個作者，她叫卡珊卓拉・戴，這是她的第一本小說。就第一本小說而言，這本書真的很棒。我等不及要給妳看了。」

娜塔莉點點頭說：「好啊，我很想看。」

不過，漢娜回到書房之後，她後悔把這本書的事告訴娜塔莉。因為這本書最感人的地方，就是那個女孩和她爸爸之間的事。

漢娜很擔心娜塔莉。失去爸爸之後，娜塔莉默默承受了許多。她看起來沒有很不快樂，看起來似乎不需要有人和她談談失去爸爸的事，但也許這就是問題所在。漢娜很感激傅瑞德叔叔努力成為這個家庭的一份子，她也知道娜塔莉喜歡叔叔。但是一個愛妳的叔叔還是不一樣的，沒有什麼是跟以前一樣的。

漢娜搖搖頭，想甩開她的擔心。「畢竟，」她想：「那不就是我喜歡這份工作的原因嗎？那就是一本好書裡最主要的意念，不是嗎？它就是要觸動你，而那是最重要的部分。」

做為一個編輯，她這樣想是很自然的。

但是，做為一個母親，那又是另一回事了。

15 發現新島嶼

星期一早上，第一個鐘聲都還沒響，娜塔莉和佐伊就衝進克蕾頓老師的教室。佐伊上氣不接下氣地說：「妳絕對猜不到的，娜塔莉的媽媽拿到那份稿子，她上司叫她週末時看一看，她媽媽看了，而且很喜歡這本書！這不是很棒嗎？我們做到了！」

娜塔莉點點頭說：「是真的，佐伊說的沒錯！昨晚我媽熱切地說著那本書，今天早上她又提了一次。我想她真的要出版它！」

克蕾頓老師笑了，她伸出雙手去握著兩個女孩的手，感染了那

股興奮之情。「真是太棒了！而且她不知道那是她的女兒寫的呢。這實在是太酷了！」接著，克蕾頓老師收斂了一下，用老師的語氣說：「嗯，我想妳們一定覺得很驕傲。妳們倆不管少了哪一個，都沒辦法做到這件事的。」

「沒有妳也不行。」娜塔莉說。

克蕾頓老師紅著臉說：「哎呀，不管怎麼樣，現在有大幅進展了，對不對？之後有事情都要讓我知道，需要我幫忙就儘管說，好嗎？」知更鳥開始叫了，佐伊和娜塔莉趕快跑去她們的置物櫃放東西，準備參加朝會。

克蕾頓老師一個人搖搖頭，笑一笑，有點欣喜，也有點擔心。她希望她能夠再回到十二歲。如果回到那個時候，她感受到的就只是純粹的樂趣。可是她二十六歲了，應該要做一個成熟的、世故的

老師。前方可能會有危險，這個小小的出版冒險可能還有很多問題會發生。如果出了狀況，「無畏的克蕾頓老師」可能馬上就不再是無畏的，而要改名為「白痴的克蕾頓老師」。

上自然課時，佐伊試著倒出恰好三十立方公分的蒸餾水到一個有刻度的量杯裡，娜塔莉看著她。突然間，佐伊把水灑出來，弄溼整個實驗桌，還濺到娜塔莉的筆記本。她說：「嘿！小心點！」

佐伊的眼睛在防護罩後面睜得像高爾夫球那麼大。她放下水瓶，伸手往裙子腰帶那邊抓了一把。她塞了一樣東西在娜塔莉的手心裡，那個東西在震動著。佐伊悄聲地說：「是呼叫器！它在叫！現在是震動模式啦！」

娜塔莉翻轉了那個呼叫器，看看顯示螢幕。「妳看！」她小聲

地說，指給佐伊看。「看，是我媽的辦公室電話！我的編輯在呼叫我的經紀人！」

午餐時間終於到了，佐伊和娜塔莉只吃了六分鐘，然後就衝到圖書館。列維先生正在吃午餐，所以值班的是兩個八年級的學生，一男一女。他們在櫃檯那邊打情罵俏，所以當這兩個六年級女生進來時，他們根本沒抬頭看一眼。她們倆個跑到圖書館最後面那間外語視聽室裡，關上門。娜塔莉坐在一組機器前，戴上耳機，打開西班牙文課本，可是並沒有播放錄音帶。佐伊坐在娜塔莉對面，躲在隔著玻璃板的隔間座位裡。她從背包掏出手機。她已經把聽取語音信箱的電話號碼輸入到手機裡的快速撥號鍵，所以不到十秒鐘，她就可以聽到留言。

娜塔莉問：「她說了什麼？」

「噓！」佐伊要她安靜，「我還在聽！」

接下來的十五秒，對娜塔莉來說像一年那麼長。

佐伊把手機從隔間板上面遞給娜塔莉。「拿去，按下星號鍵就會重播留言！」

娜塔莉轉頭看了一下背後，確定那兩個八年級生沒有在看，然後按下星號鍵，把手機塞進右耳的耳機下。是媽媽的聲音。

「佐佐嗎？我是小船出版公司的漢娜・尼爾森。週末時我讀了妳送來的文稿，我想我們對這本書有興趣。目前我還沒辦法確定，不過，如果妳能在寄給別家出版社之前等我回覆，我會很感激。這份文稿不算很完美，不過我想那些缺點是可以處理的，而且它可能很符合我們的路線。所以，如果妳能打電話給我，555-9091，我們可以談一談。再複述一次，我的電話是555-9091。再見。」

佐伊把手機拿回來，掛掉語音。她眼睛發亮地說：「很棒吧？她想談一談。」

娜塔莉皺起眉頭，摘下耳機。「可是聽起來她似乎不像之前那麼喜歡了。妳覺得她是不是改變心意了？」

佐伊做了個鬼臉。「才不是呢，傻瓜。那是公事上的說法。她不會跟我說她很喜歡這本書，因為那樣的話我就會要她付更多錢。她只是在假裝，而且她很怕我把稿子給別家出版社，因為那樣的話她就有競爭對手了。」

娜塔莉說：「可是我們沒有要給其他出版社啊。」

佐伊笑了。「我知道，妳也知道，但她不知道啊。那樣很好，我們可以賣個好價錢。」

娜塔莉瞇起眼睛，說：「佐伊，我不希望妳為了賣個好價錢而

把事情搞砸。我們只要讓書出版就好了。」

佐伊揮揮手，說：「放心啦，一切都在我的控制中。把妳的耳機戴上，然後聽聽妳的經紀人開始工作囉。」

娜塔莉戴回耳機，佐伊坐下，打開手機，撥了漢娜・尼爾森的電話。馬上就接通了。娜塔莉心想：「可憐的女人，她又在午餐時間工作了。」

她們倆的對話，娜塔莉只能聽到佐伊講的部分。

「漢娜？我是雪莉克拉區經紀公司的佐佐・『雷』斯曼，我回電話給妳。很高興妳喜歡卡珊卓拉的書，我覺得妳很明智，馬上就選中了它……是啊是啊，我知道……不過呢，如果妳要我別寄給其他出版社，那妳一定是很有興趣囉……嗯嗯，是，當然啦……我了解。那麼，漢娜，接下來怎麼樣呢？……好的，聽起來不錯……可

以，不過，週三比較好。我不想讓它冷掉……好，我了解……好，週三我再跟妳談……謝謝妳，再見囉。」

娜塔莉摘掉耳機，站起來從隔間看過去。「怎麼樣？」她問：「她有說要出版嗎？」

佐伊點點頭。「我打賭她一定會，不過她說還得跟其他編輯談談。她試著不露出興奮的樣子，但是我請她必須在星期三打給我確定，而不能到星期四，她馬上說好。她真的很想要這本書！」

跟佐佐講完電話五分鐘後，漢娜・尼爾森輕輕敲了蕾莎・史普林菲爾的門。門是開著的，她探頭進去。蕾莎正在講電話，但她比手勢要漢娜進去坐下。蕾莎的辦公室有漢娜的四倍大，裡面有張沙發，一小張會議桌在窗邊，往下可以看到大樓廣場的樹木和噴泉。

漢娜在桌邊坐著，假裝沒在聽她講電話。

蕾莎掛掉電話之後說：「妳跟那個經紀人談過了嗎？」

漢娜說：「談過了，她說週三等我們回覆。所以妳是不是可以看看這份稿子，看妳是不是也同意？我真的覺得這本不錯，如果我們能夠早一點簽約，這本書還可以擠進暑假的新書目錄裡。」

蕾莎的眉毛挑高起來，抿著嘴唇，然後說：「妳真的認為這本書值得這樣趕嗎？」

漢娜暫不回話。跟蕾莎說話很危險，她喜歡逼屬下對每件事都立場堅定，這樣一來，如果日後發生了什麼問題，就完全不是她的錯。不過，漢娜對這本書很肯定，所以她說：「絕對是的，而且我會加班來編這本書。」

蕾莎站起來，漢娜也跟著起身。蕾莎說：「好。我今晚會看，

我們明天再談。幸好我在週末的時候要妳看了它。」

漢娜把裝著文稿的信封袋交給她。「蕾莎，謝謝。」

星期一下午回家的車上，娜塔莉不想談論這本書。她怕會適得其反，或者是說溜嘴洩漏了秘密。可是就在她們快抵達終點站霍伯肯的時候，她媽媽提起這件事。

「妳記得昨晚我跟妳提到的那本新書嗎？」她說。

娜塔莉吞了一下口水，點點頭說：「怎麼樣？」

「嗯，我今天跟經紀人談過了，蕾莎今天晚上會看那份稿子。我真的很興奮。」

娜塔莉忍不住說：「那在作者方面，妳知道些什麼嗎？」

她媽媽聳聳肩。「我還真的不知道，只知道她是個好作家。她

很能掌握小孩說話的方式，也知道如何推進故事情節。」她媽媽停頓了一下，看著窗外，然後說：「我覺得找到一個新作家，比跟成名大作家一起工作來得有趣得多。就像是……就像是在茫茫大海裡發現一個新島嶼。一旦找到它，這座新島嶼就會出現在每一份地圖上。每一次妳看到地圖，都會看到這座島，然後就可以對自己說：『這是我找到的！』」

「那真好，媽。」她們沉默了大約一分鐘，接著娜塔莉說：「妳真的很喜歡當編輯，對不對？」

「是啊，我很喜歡。」漢娜轉頭向娜塔莉微笑。「有另一件事是我更喜歡的，就是當妳的媽媽。」

娜塔莉也對媽媽笑一笑，車子到站了。

16 誰來玩牌？

星期三的朝會開到一半，佐伊的呼叫器震動起來。她輕輕碰了娜塔莉一下，翻開毛衣，指指呼叫器。娜塔莉彎下脖子看看號碼，皺起眉頭。

朝會結束後，她們前往自然教室。娜塔莉說：「我不懂耶。這電話是小船的沒錯，因為那裡所有的電話都是555開頭的。但那不是我媽的電話號碼。」

「也許她正在開會，所以是從另一個辦公室撥來的。」佐伊

說：「不過不管怎麼樣，我們知道她的辦公室電話，所以我們就跟星期一那天一樣，在中午打過去。」

在德瑞中小學圖書館，佐佐專屬的隔音辦公室裡，她打了電話給漢娜・尼爾森。娜塔莉在旁邊聽，她馬上就察覺不對勁。

「漢娜？我是雪莉克拉區經紀公司的佐佐。如何？……喔……我明白了。對不起……好，再見。」

娜塔莉摘掉耳機，站起來。「她們不要了嗎？可是我媽很喜歡那本書呢！怎麼會這樣？」

佐伊搖搖頭。「不是，不是那樣。好消息是，她們很喜歡那本書，而且她們一定會出版……可是，妳媽媽說，編輯這本書的會是另外一個人。她聽起來不是很開心。他說是一個叫做蕾莎・史普林菲爾的人。」

娜塔莉的臉色一變，重重跌坐在椅子上。佐伊站起來看她。

「妳還好吧？」

娜塔莉說：「蕾莎，她是我媽的上司，就是我常常跟妳說的那個人。她不能當我的編輯，她很恐怖！她甚至不喜歡小孩。每次她見到我，看起來像是要把我塞進衣櫥裡去的樣子。我真的只想要我媽當這本書的編輯。我們還能怎麼做呢？」

佐伊說：「我不確定。」

放學後，克蕾頓老師聽著兩個女孩告訴她好消息跟壞消息。

娜塔莉說：「我不是開玩笑的，我真的不要那位女士當我的編輯。我們一定可以做些什麼的。」

克蕾頓老師看著窗外一會兒，然後說：「嗯……有些辦法妳可

以試試看……不過有可能會使整個出版計畫破局。這要看她們到底有多想要妳的書。」

娜塔莉皺著眉頭。「我不管。任何方法我都要試。」

克蕾頓老師對佐伊說：「如果要這個辦法行得通，妳這個經紀人得要強勢一點。妳準備好要玩這副牌了嗎？」

「玩牌？」佐伊說：「我喜歡玩牌。我每次都贏我爸和我姊。」

克蕾頓老師苦笑一下。她看看佐伊，又看看娜塔莉，然後說：「這我一點都不感到驚訝。」

娜塔莉仍然皺著眉。「佐伊，這次的籌碼不一樣。」

「沒問題。」佐伊說。

娜塔莉心想：「是啊，鐵達尼號的船長也是這麼說的。」

即使克蕾頓老師對她們說明了她的主意，娜塔莉還是覺得自己

好像身在一艘正在下沉的船上。

星期三下午三點，漢娜・尼爾森匆匆走進蕾莎的辦公室。蕾莎在她的辦公桌後面踱步，每次她來回經過椅子下的塑膠地墊，高跟鞋就叩叩響著。

漢娜說：「什麼事？」

蕾莎停步，面向窗外，背對著漢娜。然後她轉身，抓住她那張灰色皮椅的椅背，指甲深深嵌入填充軟墊中。「那個女人的臉皮真厚！竟然敢這樣跟我講話……還給我下最後通牒！真不敢相信！妳說，妳是不是有答應過她什麼？在回答我之前，妳可要好好地、仔細地想清楚！」

漢娜一頭霧水。「答應她？答應誰？」

「那個女人！」蕾莎吼了出來。「佐佐，那個從瘋人院來的經紀人，就是她！妳是怎麼跟她說那份文稿的？」

漢娜一時說不出話來。蕾莎本來就不是個好相處的上司，不過她現在這個反應，令漢娜感覺似乎有東西會被砸碎，像是花瓶或電腦之類的，還有她的事業及前途。「我……我沒說什麼特別的話。我跟她說那份文稿有希望，我們會考慮看看，然後我請她等到今天我們回覆之前，先不要寄給別家。」

「就這樣？」蕾莎尖銳的音調下充滿著威脅。

漢娜的眼睛一眨也不眨，迎向蕾莎的瞪視。「是，」她語調平穩地說：「我確定，我別的什麼也沒說。」

蕾莎舒緩了片刻，她推推座椅，讓椅子旋轉著。「那我們要對付的就是一群瘋子，她跟她的作者都是瘋子！因為佐佐說，卡珊卓

拉・戴決意什麼人都不要，只有妳可以編這本書！」

漢娜把自己的感覺隱藏起來，問說：「那妳怎麼跟她說呢？」

「怎麼說？」蕾莎暴怒。「怎麼說？我告訴她，在現實世界中事情不能這樣做，我叫她最好是回去搖搖她作者的肩膀，把她給搖醒。我告訴她，我是小船出版公司的主編，我因為喜歡這本書所以才親自跳下來編，如果她家的戴小姐不在乎的話，我大可以把文稿從帝國大廈樓頂丟下去！我就是這樣跟她說的！」

漢娜真希望她能夠逃走，不過她慢慢地點頭說：「喔……我知道了……」

蕾莎還沒說夠。「妳知道她怎麼回答嗎？她說：『嗯，史普林菲爾女士，我一直都是為我的作者著想，所以也許我們雙方都要好好想一下，免得我突然改變心意！』這女人臉皮真厚！」

一陣子沉默之後，漢娜問：「那妳打算怎麼辦？」

蕾莎站直雙腳，交叉雙臂。「除非她道歉，否則我們絕不會出版這本書。」接著，她用長長的食指指著漢娜說：「如果妳跟那個經紀人有任何接觸，一定要讓我知道。聽清楚了嗎？」

漢娜點點頭。「當然。」

蕾莎坐下，轉過椅子看向窗外。會議結束。

漢娜迅速走出辦公室，心中暗自高興她保住了工作。蕾莎辦公室的門是打開的，所以整層樓一定都聽到她的咆哮聲。她很慶幸娜塔莉現在不在這兒。娜塔莉放學後打過電話，說她五點會在樓下大廳等她。

漢娜突然很想吃個點心，所以她走去搭電梯直上十五樓的員工點心吧。過了四分鐘，她吃完一支花生巧克力棒，獨自坐在一張小

小的圓桌邊，為自己感到遺憾。如果能編那本書，她會很高興的。她也為作者感到遺憾，那是個嚴重的變數，這樣一來出書計畫至少會延遲六個月，可能還更久，也許永遠都出不了書。而這本書是那麼的好，也可能讓別家出版社漁翁得利，損失的會是小船。

不過，最讓漢娜感到遺憾的是佐佐。漢娜覺得很疑惑，佐佐似乎既聰明又能幹，不過照目前的情況看來，佐佐很可能會被踩在腳底下翻不了身。漢娜在想，紐約出版圈裡的每個人都很清楚蕾莎・史普林菲爾。跟蕾莎作對，絕對沒有好下場。可是等到妳明白這件事的時候，通常已經太遲了。

星期三傍晚，坐計程車去巴士站的時候，娜塔莉知道她媽媽為什麼這麼沉默而緊繃。等她們搭上巴士，車子開始下行潛入林肯隧

道，漢娜·尼爾森整個人往後靠在椅背上，深深嘆了一口氣。

娜塔莉說：「媽，今天又開很久的會了嗎？」

她媽媽勉強露出一個笑容，但卻帶著憂鬱。「沒有。是開了兩個很短的會議，都是跟蕾莎。」

「哦？」

「是啊。早上一進辦公室就去見她一次，下午又一次。都是跟那份稿子有關，就是那本《作弊》。」

「怎麼了？她不喜歡嗎？」

她媽媽不由得苦笑了起來。「不是那個問題。她很喜歡，傻瓜才會不喜歡。但是，她早上第一次把叫我進去說：『這本書太棒了。作者真的很了解小孩，妳不覺得嗎？幾乎都可以感覺到他們臉上迸出的青春痘了。謝謝妳挖到這本書，我要親自來編它。』」漢

娜轉頭望向窗外。

娜塔莉說：「她可以這樣做嗎？就這樣……直接搶走？」

她媽媽轉頭看著娜塔莉說：「蕾莎啊，蕾莎想怎麼做就可以怎麼做，而令人難過的是，她每次都這樣。每次我找到一個很棒的作品，然後她就拿走，搶盡光環，如果真的有什麼光環的話。我並不是為了光環而工作的，我只想在這裡建立我的事業，而蕾莎已經站穩她的事業腳步了。這本書，哎，它真的很有希望，尤其它還是作者的第一本小說。這是許多跟我一樣的編輯夢寐以求的：一個新銳作家，第一份作品寫得很亮眼，日後很可能更上層樓。在這個行業中，這是做為一個編輯都會去留意的。我就是運氣不好，碰到一個自私的上司，而我一點辦法也沒有。」

「那第二個會議呢？」娜塔莉問。

「大概三點的時候，她又把我叫進去，這次她是對那個經紀人發飆。她名叫佐佐，因為她打電話給蕾莎說，她的作者指名要我來編這本書。所以蕾莎實際上是在指控我背著她跟經紀人有什麼協議，我根本沒有。現在蕾莎一定要自己主導，如果不照她說的做，那就拉倒。可能這本書不會出版，至少不會在我們公司出版。」漢娜停了一下，接著說：「我不明白的是，為什麼這個作者一定要我來編她的書呢？」

娜塔莉說：「因為妳是個很棒的編輯啊。那個作者可能聽說過妳，也可能是經紀人跟妳談話時，感覺得到妳很好，才不像那個巫婆蕾莎呢。妳難道不恨她嗎？」

「不，我不恨她……我只是不了解她，就這樣。對她來說，好像是稍微放輕鬆一些就會顯得太平凡。她才華洋溢、外表出眾，還

很會賺錢，而且她真的是個很棒的編輯。我猜，可能有其他一些原因，讓她覺得要為自己謀求更多更多的東西。某方面來說，我覺得她很可憐。」她幾乎要加上一句：「我覺得我更可憐。」可是她沒有說出口。

漢娜陷入沉默，再次轉頭看向窗外。

娜塔莉也沒有說話。她希望能安慰媽媽。她想說：「別擔心，媽。因為如果克蕾頓老師和佐伊有她們想的那麼會玩牌的話，那麼馬上就會有幫手出現了。」

17 高額賭注，王牌出馬

星期四早上九點十五分，有人送來一份包裹，凱莉・柯林斯反覆檢查了地址條。

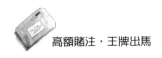

凱莉當秘書已經六年了。在這期間，她的老闆湯姆・莫頓一步一步在小船出版集團裡爬到現在這個位置。湯姆每次在職場裡晉升一階，凱莉也跟著他跳級。現在，湯姆是小船少年出版公司的董事長兼發行人，凱莉是他的執行助理。

莫頓先生通常不會收到經紀公司的包裹，不過這一包寫得很清

楚是要給他的，所以凱莉打開了。莫頓要下午一點才會進辦公室，所以她有很多時間幫他聯絡事情，安排他下午的行程。

她開始看這經紀人寄來的信，當她讀到蕾莎・史普林菲爾這個名字，不禁縮了一下。她的眼睛瞇起來，嘴角不自覺往兩端下垂。過去這兩年，凱莉一直在提防蕾莎・史普林菲爾。每次蕾莎和其他主編一起到十六樓來開會，凱莉總是覺得蕾莎在目測湯姆・莫頓的辦公室窗戶尺寸，以便做一幅新的窗簾——她自己的窗簾。

凱莉讀完信，再看書稿。「很棒的標題。」她心想。凱莉翻開第一頁，然後開始看內容。讀了三頁之後，她完全被吸引住了。整個早上她斷斷續續讀這份書稿，然後利用午休時間把它整個看完。吃完午餐之後，凱莉把那封信和書稿，放在莫頓先生待處理的那一疊文件的最上面。

星期四下午一點十五分，湯姆・莫頓把凱莉叫進他的辦公室。

「凱莉，請妳把這份東西拿到十四樓交給蕾莎，她實在應該親自處理的。」凱莉走進去，他將文稿和經紀人寫的信遞給她。

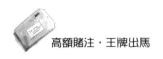

凱莉接過文稿，湯姆低頭繼續處理下一件工作。可是凱莉沒有離開，湯姆察覺到了，便再次抬起頭來說：「還有什麼事嗎？」

凱莉把兩腳的重心挪一挪，決定豁出去了。她拿起那封信說：「莫頓先生，我知道這個情況很棘手，但你看過那篇小說了嗎？那是本很棒的書，我整本都看完了，用我午餐的時間。我覺得它可能值得你看一下……如果你不介意我這麼說的話。」

湯姆・莫頓從不介意凱莉說出她的心裡話。這幾年來，她幫著他，讓他少出十幾個紕漏，其中有幾次足以影響到他的升遷，還有

一、兩次嚴重到差點讓他失去工作。她擁有母獅般的敏銳直覺，湯姆非常高興能有她的輔佐。

他微笑著，把桌上的文件都推到一邊去，從她手上拿回那份書稿，開始讀了起來。凱莉轉身離開辦公室，把門帶上。

十分鐘後，湯姆・莫頓用電話擴音呼叫凱莉。

「是，莫頓先生？」

「凱莉，請幫我把所有電話都擋下來，大概一個鐘頭，好嗎？我想要看完這份書稿。」

凱莉・柯林斯對著電話笑了，她說：「我會的。」

星期四下午，三點四十六分，蕾莎・史普林菲爾與漢娜・尼爾森各收到一封電子郵件。電子郵件送達的提示音在她們的電腦上噹

噹一聲。蕾莎不管它，因為她正在講電話，但是漢娜馬上就把郵件點開來看。

tmorton@shipleybooks.com/ed/smpt/inhouse/

3:45PM ***2.19.00

寄件人：湯姆．莫頓

收件人：蕾莎．史普林菲爾

副本：

密件副本：漢娜．尼爾森

主旨：《作弊》書稿

蕾莎：

近來已經很少有經紀人會直接寄東西給我，所以我注意到今天早上有一個名叫佐佐・瑞斯曼的經紀人送來一份書稿，書名是《作弊》。從她所附的信看來，我知道妳已經看過稿子了。

我一讀之下，欲罷不能。它讓我想起我當編輯的那段日子。我不想介入，但很明顯的，如果不讓漢娜來做這個案子，我們就會失去這本書。老實說，這損失我們承受不起。我知道妳們有摩擦，但如果是為了保住這本書而要順著這位倔強的作者，我的意見是，就順著她吧。

我已經知會行銷部的蘇珊，請她在暑假新書目錄上保留半頁的空間。我知道六月出版會很趕，但是這本書會賣得很好，會一直熱賣到秋季的。

讓漢娜去處理版權和編務，並且要她向我回報狀況。這幾天

蘇珊會打電話給她，詢問目錄上要刊載的細節。

謝謝。

湯姆

漢娜讀著這封電子郵件，喉嚨緊縮。她的心臟怦怦跳，覺得快要無法呼吸了。漢娜明白這是什麼感覺。這是恐懼。

她再次看看這封電子郵件的標題，發現收到的是密件副本，也就是說，湯姆．莫頓把他給蕾莎的信也寄給漢娜，但是蕾莎並不知道漢娜也收到一份。

漢娜深吸了幾口氣，設法讓自己腦袋清楚一點。她心想：「難道湯姆不知道這樣是把我推入火坑嗎？難道他不知道，在蕾莎手下工作已經很困難了嗎？」

漢娜很緊張，從椅子上跳了起來。她站在她的辦公室門口，踮著腳尖，從隔間板上偷偷看向蕾莎的辦公室。蕾莎在裡面講電話，微笑、點頭。漢娜心想：「她一定還沒有看到這封電子郵件。」

漢娜坐下來，電腦螢幕上還開著那封郵件。她試著冷靜思考，可是做不到。這封信像是安裝在蕾莎電腦裡的定時炸彈，正在倒數計時。蕾莎隨時可能會打開它，然後就——砰！

漢娜搖搖頭。她不得不欽佩這位佐佐•瑞斯曼。把書稿直接寄給湯姆•莫頓是相當有膽量的作法。她心想：「這個女人實在是勇敢到不行，或者說是笨到不行。」

「嗨。」

漢娜嚇得跳起來，差點連鞋子都掉了。她轉過椅子。「噢……是妳啊，娜塔莉！噢……嚇我一跳。」接著漢娜立刻轉過身去，從

桌子最底下抽屜抓了錢包，掏出兩塊美金說：「我想妳最好是到樓上午餐室去讀書，寶貝。這些錢給妳買點心。」

娜塔莉看著她說：「媽，妳還好嗎？妳看起來……妳看起來有點……怪怪的。」

漢娜緊張地笑了笑。「我只是今天太忙了。現在趕快去吧，待在那兒不要亂跑。我要走的時候會上樓去找妳，好嗎？」

「沒問題，媽。待會兒見。」

蕾莎・史普林菲爾跺著腳走出電梯到十六樓。現在是四點六分。五分鐘之前，蕾莎已經看了湯姆・莫頓發給她的郵件。

陰沉的表情、沒有笑容，蕾莎一步也不停。她瞥了櫃檯職員一眼，那人急忙按下門禁鈕，蕾莎正好走到門前。

蕾莎大步走向湯姆・莫頓的辦公室，手裡握著一張紙。她從凱莉・柯林斯旁邊走過，當她正要進入湯姆・莫頓的辦公室時，手裡揮舞著那張紙說：「莫頓先生在等我！」她進去之後把辦公室的門「啪！」的一聲關上。

凱莉繼續敲著鍵盤，令人幾乎難以察覺的一抹笑容就藏在她的嘴角。她希望自己能變成一隻蒼蠅，飛進老闆的辦公室裡。

四點四十五分，漢娜正在打一封給另一位作者的信。她聽到背後傳來一陣紙張的窸窣聲，脖子上的汗毛都豎了起來。漢娜全身緊繃，轉過椅子去面向門口。是蕾莎。

「拿去。」蕾莎的語氣冷酷得像是拿一把鐵鍬插進墳墓堆裡。她把那份書稿交給漢娜。漢娜其實不用看也知道那是什麼，但她還

是看了，然後她使盡全力做出驚訝的表情。蕾莎說：「我決定由妳來處理這份稿子。畢竟，我們不希望這位敏感纖弱的作者小姐腸子打結，是吧？所以，妳拿去吧。」

漢娜努力裝出恰當的聲音和手勢，而且還要綜合這些成分：驚訝、不解、恭敬順從地接受。她說：「但是……嗯……我很樂意接下這工作，但是妳確定要我來做？」

蕾莎冷冷地說：「非常確定。」一說完，她轉身迅速走回她的辦公室。

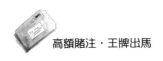

漢娜深吸了三、四口氣。她心想：「如果我被開除的話，乾脆去馬戲團裡訓練老虎好了。那還比較像是在度假！」

媽媽到午餐室來接她的時候，娜塔莉覺得媽媽的表情看起來很

奇怪，似乎也很匆忙。她在電梯裡一句話也沒說，到了一樓，她牽著娜塔莉的手，基本上是拖著她穿過大廳，一起擠進旋轉門裡。一出大樓走到她們搭計程車的那條街，她媽媽才開始有了笑容，還牽著娜塔莉的手臂前後搖擺，好像昏了頭似的。

娜塔莉說：「到底怎麼啦？」

漢娜停下來喘口氣，同時伸手招了一輛計程車，然後她咯咯笑著說：「妳絕對不會相信今天我工作上發生了什麼事！」

她媽媽錯了。她說的每個字，娜塔莉都相信。

18 法律效力

星期四下午的語文教室裡，克蕾頓老師、娜塔莉和佐伊坐在一張小圓桌旁。她們把娜塔莉的書稿寄給湯姆・莫頓後才過了一週，但由於是漢娜・尼爾森負責這個案子，所以事情進展得相當迅速。

漢娜發現佐佐・瑞斯曼是個非常合作的經紀人。漢娜開出版稅預付六千美元的價碼，佐佐立刻就答應，一點都沒有討價還價。漢娜取得湯姆・莫頓的親自授權，如果要簽下這本書，其實她願意付到一萬美元。但另一方面，是佐佐聽從娜塔莉的意見，只要對方第

一次出價就接受，不必談。對佐伊來說，要這麼爽快就接受，一點爭論也沒有，還真是她做過的事情中最困難的一件。

由於漢娜的高效率加上佐佐的合作，德瑞中小學出版社團的全體成員現在聚在一起，盯著小圓桌上的一小疊紙。那是合約，一式三份，共有十四張。只要簽下合約，卡珊卓拉・戴（合約上會寫「以下稱為作者」）正式授權小船少年出版公司（「以下稱為出版者」）在「著作權有效期限內」出版《作弊》一書（「以下稱為本著作物」）。這表示在卡珊卓拉有生之年，加上她死後五十年的這段期間，小船少年出版公司都可以出版這本書。

在第十四頁的最後一個部分，有個地方是佐佐・瑞斯曼（「以下稱為經紀人」）必須簽名之處。卡珊卓拉・戴也要在契約上註明她的身分證號碼。三份合約都得簽上姓名和日期，然後盡快寄回小

船少年出版公司。

克蕾頓老師輕輕拍了拍這疊紙，先開口說：「雖然我是妳們的顧問，但是我真的不知道該說什麼。這份合約是正式法律文件，我確定妳們必須年滿十八歲才能自己簽合約，甚至要到二十一歲才可以。而且妳們也必須完全了解裡面的每一個字後，才可以簽名。」

佐伊一直都很享受當一個大權在握的經紀人，一個解決問題的超級好手。她把腦袋微微一偏，然後說：「合約我很熟。把買賣條件寫下來，簽好名，然後就做你答應要做的事。我爸爸說，事情就是這樣而已。」

娜塔莉斜眼瞄了佐伊。「佐伊，如果事情就是這樣而已，紐約市的計程車司機都可以當律師了。」

佐伊對娜塔莉做了個鬼臉，然後說：「老師，那現在妳覺得我

們該怎麼做呢？」

克蕾頓老師看看佐伊，又看看娜塔莉說：「我覺得沒有別條路了。我們得去找一個律師。」

娜塔莉點點頭，對佐伊瞥了一眼說：「我贊成找一個真正的律師。我覺得我們應該去找佐伊的爸爸。」

「不行，」佐伊說：「不要家長參與。記得嗎？」

「可是，妳還記得妳怎麼說我媽媽的嗎？那情形是一樣的。他不只是你爸爸，佐伊，他是妳的律師。」

「但是，如果他要把所有的事告訴妳媽呢？」佐伊說。「他可能會認為必須這麼做。」

「只要我沒答應，他就不能說。」娜塔莉說：「妳跟律師說的事，他不能去告訴別人。對不對，老師？」

克蕾頓老師點點頭。「沒錯。妳覺得這樣可以嗎，佐伊？」

佐伊聳聳肩說：「嗯，這樣就可以。我知道我爸會清楚我們該怎麼做……而且他可能不會跟我們收錢。」

星期五下午，娜塔莉打電話問媽媽，可不可以放學後跟佐伊一起回家。她媽媽說：「可以啊。那我六點去她家接妳。我們在市中心吃點東西，然後也許打電話給妳叔叔，看他要不要跟我們一起去看個電影。」

就這樣安排妥當。放學後，娜塔莉和佐伊當然沒有馬上回佐伊家。她們得先去找律師談一談。

三點十五分，佐伊和娜塔莉走進「克普瑞聯合律師事務所」的接待區。佐伊只在上班日來過一、兩次，而且那已經是很久以前的

事了。櫃檯的接待人員並不認得她。

這個高佻的年輕女人右耳戴著電話耳機組，一隻手還扶著耳機麥克風。她笑著說：「請問有什麼事？」

佐伊說：「我們想見羅伯・瑞斯曼。」

那位小姐的笑容忽然黯淡了一些，她說：「了解。妳們有跟他約時間嗎？」

佐伊說：「沒有，不過我知道他在這裡。」佐伊在學校已經打過電話給爸爸的秘書，確認了這件事。

接待小姐稍微皺了皺眉，揚起一邊眉毛。「那麼，我應該說是哪位要見他呢？」

佐伊笑得很甜。「跟他說是他最愛的女兒，佐伊。」

三分鐘後，滿臉驚訝的羅伯・瑞斯曼坐在佐伊和娜塔莉對面的

椅子上。佐伊舒適地靠在沙發上，娜塔莉則是坐在最前緣。

他看看這兩個女孩說：「現在是怎麼啦？我是說，很高興看到妳，佐伊，還有娜塔莉……不過，讓我先聽聽妳們腦袋裡在想什麼，還是妳們只是單純來看看我。」

按照先前計畫好的，由娜塔莉先開口。她把背包打開，拿出合約，越過咖啡桌交給佐伊的爸爸。「我們是有公事來找你的，瑞斯曼先生。我需要有個律師幫我看看這份合約。」

佐伊的爸爸已經在看了，他戴上老花眼鏡仔細翻閱，一頁接著一頁。他點點頭說：「這是一份出版合約，看起來滿標準的。這跟妳們有什麼……」他說到一半，眼睛定格在最後一頁。他很快抬起頭來看著佐伊說：「佐佐．瑞斯曼，作者的經紀人？這是巧合嗎？這份是學校作業，妳們要我看看是嗎？是這樣嗎？」

出版權授受契約
出版權授與人：卡珊卓拉·戴
著作物名稱：作弊
著作人：卡珊卓拉·戴
出版權受讓人：
小船少年出版社

佐伊對她爸爸狡黠地笑了一笑，用下巴指指娜塔莉，好像是在說：「問她呀。」依照排演過的，娜塔莉接口說：「不，這是一份真的合約。我寫了一本書，我的筆名是卡珊卓拉・戴，而佐伊，就是佐佐，她是我的經紀人。」

羅伯・瑞斯曼靠在椅背上，看著佐伊。「不是在開玩笑吧？」

佐伊說：「不是開玩笑。我們想要出版娜塔莉的書，而且我們已經走到這一步了，可是我們在學校的顧問說，必須找個律師談一談，看看我們能不能簽這份合約。」

瑞斯曼先生把身子向前傾，說：「妳們的顧問？學校的？」

娜塔莉點點頭。「是克蕾頓老師，我們的語文老師。她幫我們租辦公室，讓我們可以收郵件和電話。」

「妳們有……有一間辦公室？」羅伯・瑞斯曼輪流看著兩個女

孩，她們都點點頭。

娜塔莉無視於這位律師有多麼驚訝，很快地描述了接到這份合約之前的種種過程。然後她說：「所以我們必須知道的是，我們是不是可以……你知道的，簽下這份合約使它具有法律效力？」

「法律效力？」瑞斯曼先生一時說不出話來，他很少這樣的。看得出來，他費了好一番工夫才回復到律師的思考方式。他說：「好。妳們兩個都未成年，不過事實上妳們已經把書稿交給出版社了，對嗎？」

娜塔莉點點頭。

這位律師接著說：「我們可以主張的是，隱瞞作者的年紀並非刻意詐欺，而是依據與使用筆名相同的原則，是為了確保她的作品能被公正評斷。這樣的陳述是否符合事實？」

娜塔莉再度點點頭，但她心裡想著，該不會等一下就要把手按在聖經上，宣示她所說的都是真話和事實了吧。

「那麼，在過去任何時間點，是否曾有出版社的任何一個人指出，經紀人以及作者的年紀會影響到這份作品能不能被接受，或是這份合約能不能被簽署？」

兩個女孩都搖搖頭，表示否定。

「是否曾有人問過妳的年紀，或者妳們兩人之一曾經自願製造關於年齡的錯誤資訊給出版社的人？」

兩個女孩再次搖頭表示否定。

「這樣的話，我想，妳們兩個都可以簽這份合約，使它具有法律效力。不過，當然妳們每個人都必須要有一位家長簽署一份宣誓書，說明家長對於妳們所簽署的事項是全然知情而且認可的。」他

對佐伊眨眨眼說：「我想，我可以找到為佐佐擔保的人。」

娜塔莉看看佐伊，然後看著瑞斯曼先生。她說：「但我就有問題了。妳知道我媽媽……嗯，她就在小船少年出版公司工作，她是個編輯……而且她是這本書的編輯，所以我沒辦法讓她簽那份……什麼什麼書的，沒辦法讓她同意。我的意思是，我確定她會同意，可是在這本書編完之前，我不想讓她知道我是作者。至於我爸，嗯，你知道我爸。」

羅伯・瑞斯曼再度往後靠著椅背，手摸著下巴。「嗯，是啊，我了解這個狀況。妳不能先取得妳媽媽的同意，因為如果她知道的話，可能會被指控給了妳特別待遇。這種情況叫做『利害衝突』。嗯……」這位律師停頓了一會兒，然後他問：「妳有沒有祖父母或是哪位近親是我們可以對他說明這個情況的？這樣的話，若是這件

事日後在法庭審理，我們可以主張妳確實有成年人的引導，而且這個人是考慮到妳最佳利益的。誰最符合這個狀況呢？」

娜塔莉立刻說：「傅瑞德叔叔！他是我爸的弟弟，就住在這個城市。我爸死後，就是他幫我們處理一切事情。暑假時，我們偶爾會一起去旅遊，他也常來我家，我們也常去他家。他算是近親，對不對？」

佐伊的爸爸問：「妳知道他的電話號碼嗎？」

娜塔莉說：「不知道，可是我知道地址，我知道他經營一家廣告公司叫『尼爾森創意』。」

瑞斯曼先生給娜塔莉一張黃色便利貼和一支筆，她寫下傅瑞德叔叔的地址。

三分鐘後，娜塔莉用瑞斯曼先生桌上的電話跟叔叔通話。「傅

瑞德叔叔？是我，娜塔莉。」

「娜塔莉？哇，真令人驚喜耶！妳一切都好嗎？妳的聲音聽起來怪怪的。」

「因為我是用電話擴音。我很好，不過我需要問你一些事情。我現在是從我朋友佐伊她爸爸的辦公室打給你的。她爸爸是律師，正在幫我處理……處理一個問題。」

娜塔莉花了五分鐘告訴叔叔發生了什麼事，佐伊偶爾插嘴補充說明。然後娜塔莉介紹了瑞斯曼先生，讓他和叔叔商談一些細節。瑞斯曼先生解釋了法律方面的狀況，他說：「我看過這份合約，是一份滿標準的出版合約，也就是說，它完全是有利於出版社。現在的情況是，如果你能簽一份宣誓書，上面載明妳和娜塔莉了解整件事情，而且直到她媽媽知情以前，你以近親身分做為她的顧問，這

樣的話，我想就沒有任何理由說我女兒和妳姪女不能簽這份合約，以推動事情往前進展。」

傅瑞德・尼爾森說：「嗯，如果你覺得你女兒可以簽，那麼我想娜塔莉簽這個合約應該沒有問題。你把宣誓書寄過來給我，我會簽名，拿去公證，然後馬上寄回去給你。」接著，傅瑞德叔叔說：「娜塔莉？」

「我在。」

「解決了，孩子。聽起來是本很棒的書，我等不及要跟妳媽說那是妳寫的。另外呢，告訴妳的經紀人，只要她覺得準備好了，我隨時歡迎她來『尼爾森創意』上班。」

佐伊一直懶散地窩在沙發裡，有點覺得被忽略了。聽到這話，她振奮地坐起來說：「謝謝，尼爾森先生。」

在桌子另一端，瑞斯曼先生對著佐伊笑笑著說：「對不起喔，傅瑞德，佐伊已經是我們事務所的榮譽合夥人了。」

接著娜塔莉說：「嘿！你們搞清楚喔，她可是我的經紀人！」

傅瑞德叔叔說：「好吧，娜塔莉，看好她囉，她很搶手呢。」

娜塔莉對佐伊微笑，說：「我知道，叔叔……我知道。」

克蕾頓老師正坐在桌子前批改八年級的作文，這時教室的分機突然響起，嚇了她一跳。

是范瑞琪太太打來的。這位學校秘書很不喜歡老師在學校接電話，而且只要有某件事情是她不認同的，她便毫不隱藏。「克蕾頓小姐，妳有一通私人電話，教師室二線。」

克蕾頓老師說：「謝謝。」可是范瑞琪太太已經掛斷電話了。

大概是娜塔莉吧，克蕾頓老師心想。她飛快跑下樓，教師室裡沒有人。她拿起話筒，按下話機上正在閃的按鈕。「喂，你好。」

是一個女人的聲音，她說：「克蕾頓老師嗎？」

「我就是……」

「請等一下。」

然後是一個清楚而有力的聲音說：「克蕾頓老師，我是羅伯・瑞斯曼，佐伊的爸爸。」

「噢……你好，瑞斯曼先生。」她吃了一驚，心跳開始加速。

「她們……兩個女孩，她們去……去找你談過了嗎？」

「對，她們才剛走。克蕾頓老師，我想知道那個辦公室是怎麼一回事。」

從他的聲音裡，蘿拉・克蕾頓聽不出什麼苗頭。佐伊的爸爸聽

起來不像是生氣，可是那聲音也不是很友善。她嚥了嚥口水，然後說：「嗯，我們找了一家公司，它提供立即可用的辦公室服務，位在百老匯大道前段。我剛好住在附近，所以去那裡收信很方便。它們也有呼叫器服務，所以我們……我是說，佐伊就可以照呼叫器上顯示的號碼回電話。」

「佐伊用電話跟那些人聯絡？」

「嗯，是的。」克蕾頓老師說：「但是……但是這情形並不時常發生。她只在需要回電話的時候才回電。」

「那辦公租金呢？」

「我……我正要跟您說明。佐伊想到要租個辦公室……」

瑞斯曼先生插嘴：「租辦公室是佐伊的主意？」

「喔，是的。我……我只是……嗯，幫她跑腿的人。」

「好，」他說：「繼續講。」

「嗯，佐伊拿給我一包現金。」

「多少錢？」

克蕾頓老師畏縮著說：「嗯……有五百美元。」

「什麼？妳說五百美元？」

「是的，五百美元。」

「現金？」

「是的，全都是現金。」蘿拉・克蕾頓覺得他們之間的對話好像愈來愈糟糕了。

羅伯・瑞斯曼沉默著，所以克蕾頓老師繼續說：「佐伊說那都是她的錢，我並沒有質疑這一點。不過……不過我不想用那筆錢，畢竟那沒有……沒有經過她的家長許可，所以我用自己的信用卡付

了辦公室租金。」

「那些現金呢？」

「我……我去銀行開了一個新的存款帳戶，都存在裡面了。」

這位律師沉默了一會兒，接著他說：「克蕾頓老師，接下來我要說的，請妳仔細聽好了。」

克蕾頓只感覺到自己急速的心跳在胸膛裡重擊著。她虛弱地說：「是的。」

羅伯・瑞斯曼繼續說：「克蕾頓老師，妳幫這兩個女孩做那些事，我不知道以妳的立場來說是否明智，不過我很清楚我的立場。妳非常勇敢，我十分感謝妳。那兩個孩子剛剛來這裡告訴我這件事時，我真希望妳也在現場親耳聽到。這是真正的學習，妳明白我的意思嗎？這是發生在真實世界裡的真實事件。我跟妳說，下次要付

佐伊學費時，我絕不會再多囉唆半句。如果我付的學費裡有妳的薪水，克蕾頓老師，這個錢就花得太值得了。」

克蕾頓老師震驚不已，臉上掛著傻傻的笑容。她好不容易才說出：「謝謝你，先生。」

「克蕾頓老師，請馬上把租金的帳單寄給我，寄到我的辦公室來。佐伊會告訴妳地址的。好嗎？」

「好的……好的，當然了，瑞斯曼先生。」

「克蕾頓老師，希望妳能繼續當老師很久很久。我沒別的意思喔。孩子需要妳這種不畏懼現實的老師，妳不覺得嗎？」

「是……是的，謝謝你。」

「不，克蕾頓老師，」那律師說：「應該是我謝謝妳才對！」

19 從A到A^+

契約已經簽妥並寄回小船少年出版公司。六天後，克蕾頓老師回家途中去了趟「無線辦公室」，經辦人員交給她一個咖啡色信封袋，收件人是卡珊卓拉・戴，由雪莉克拉區著作經紀公司轉交。

隔天下午的語文課上，克蕾頓老師拿張紙條給娜塔莉和佐伊，通知她們要來開會。

放學後，她們三人坐在小圓桌邊，娜塔莉打開信封。裡面有一封編輯寫的信，共有五頁，還有一份娜塔莉的文稿。這份文稿上貼

了幾十張便利貼，黃色的是編輯建議，粉紅色的標示出文法上的疑問。看起來，漢娜・尼爾森至少用掉了三支紅筆。

信的一開頭寫著：「親愛的卡珊卓拉：謝謝妳寄來這份令人讚賞的初稿。目前妳的契約已經生效，我們可以著手工作了。」

娜塔莉心一沉。她翻閱著文稿，把每一張便利貼都掀起來看。「妳們看看，這根本改不完嘛！我以為書已經寫完了，我以為寫得還不錯。結果呢，妳們看……」

克蕾頓老師把信拿過來，看了兩頁之後，這位老師開始點頭微笑。她很感動。她說：「現在我們知道編輯都在做些什麼了。這封信寫得很棒，娜塔莉。她只是在告訴妳，怎麼樣把一本不錯的書變成很棒的書，就是怎麼樣從A到A+。妳媽媽真的很專業。」

娜塔莉說：「是啦，她很專業，可是我怎麼辦呢？」

佐伊並不打算安慰她。「別再哀嚎啦，娜塔莉。妳想當作家，現在已經實現了。編輯給妳一堆意見那又怎樣，她是要讓妳的書更好啊。妳已經是作者了，所以妳得要去做這個角色該做的事。」

「謝謝妳喔，真是幫了大忙啊，無所不知小姐。」娜塔莉反唇相譏。

「小姐們！」克蕾頓老師說：「我們不需要諷刺，也不要互相批評。」接著她用比較溫和的語氣說：「娜塔莉，週末妳就把這份東西帶回家，看看要怎麼著手。也許先花半個小時就好了，不需要一口氣全部弄完。如果妳覺得不知道怎麼改，那就是需要編輯的時候了。她的工作就是幫妳做到最好。」

娜塔莉和佐伊走出校門。克蕾頓老師從教室一路送她們，但三個人都沒有說話。

娜塔莉走下階梯，向左轉，就跟平常一樣要去搭公車，可是佐伊拉住她的手。

「等一下，娜塔莉。」娜塔莉停步轉過身來，佐伊說：「聽我說……剛剛我說妳在哀嚎，我跟妳道歉。我只是……我覺得這整件事，我的部分已經完成了，所以我……我不知道要做什麼了。」

「那妳有沒有想過我的感覺呢？」娜塔莉回嘴。「多希望我們沒有做這件事。我是說，我媽差點被開除，而且就我看來，往後還是有這個可能。現在我還得要修改稿子，而且還是不確定這本書做出來的結果會是好的。出版之後呢，萬一書評不好或沒人買的話，怎麼辦？」

佐伊注視著娜塔莉。娜塔莉的害怕和擔心如此強烈，使她整個人看起來像快著火似的。佐伊突然很氣自己這麼笨……這麼……這

麼自私。

「如果有些書評人不喜歡，」佐伊問：「那又怎麼樣呢？那只表示他是個白痴。娜塔莉，怎麼會有人不喜歡這本書？這本書這麼好，甚至連巫婆蕾莎都喜歡，記得嗎？至於妳媽，我是說妳的編輯，她要妳修改的那些小地方，我知道妳處理得來的。妳在這方面真的很棒。妳的書只會愈來愈好，真的，真的。」

娜塔莉稍稍有了笑意，說：「妳真的這麼想？」

佐伊點頭，說：「不是想而已，我知道就是這樣！」

佐伊看到娜塔莉的眼神變得不一樣了。她看到這個聰慧、有才氣、自信的朋友又活了過來。一陣強烈的欣喜感向佐伊襲來，她明白了，就長遠的角度來看，自己在這件事裡並沒有結束。

娜塔莉發現到，編書的過程並不吸引人，而且也不有趣，不過倒是挺有創造性的。這是一件工作，是一種持續的慢工細活。每個字、每個句子、每一段、每一章都要仔細審視；每個角色、每條故事線、每個動作起伏、每個導往結局的轉折點都得要有跡可循。而且一切都需要經過檢驗，看看是否能夠撐起全書主旨及深層意念。就是這兩個要素，讓她的書不只是個故事而已。

在修稿的四個星期之間，這本書愈來愈完美。每一天，尤其是搭車回家的這段路上，娜塔莉都很想對媽媽問起她正在編的書。可是她沒有這麼做。娜塔莉覺得那樣是不公平的……好像作弊一樣。

她也學到，編書是作者和編輯了解彼此的過程。當某一方說：「把這一段刪掉吧！」另一方說：「不，我認為要保留。」這樣彼此就更了解對方一點。它就像一段很長很長的對話，關於……關於

生命的對話。娜塔莉覺得在這過程中，她以一種前所未有的方式了解媽媽。媽媽給卡珊卓拉・戴的一張便利貼上寫著：「這裡，尚恩真的得要那麼故意嗎？」娜塔莉彷彿聽到了她媽媽和爸爸正在對她說，對人好一點是很重要的。

當卡珊卓拉・戴回覆說：「尚恩在這裡並不是真的那麼故意，這是因為他的心靈受到傷害，但故事敘述還不能把這點說清楚。」漢娜看到這樣的回覆，笑了笑，建議了一個寫法讓讀者能夠清楚一點，但又不那麼快說破。

編書過程中，作者和編輯愈來愈尊重彼此的意見和想法。

在文稿接近尾聲的地方，編輯寫了一張便利貼，是關於安琪拉的爸爸。對娜塔莉來說，所有的字條裡，這一張的意義最重大。

卡珊卓拉：

這裡我只有一點小感想。這部分的故事是如此強烈又如此溫柔。女兒對父親的感覺，以及父親願意為女兒付出一切，我覺得妳已經抓到了其中的精髓。每一次我讀到這裡，我就想到我自己、我父親，還有我女兒的生命。每一次我讀到這裡就會掉眼淚。寫得真好。

編輯過程中有好幾次，漢娜・尼爾森邀請卡珊卓拉如果剛好有到出版社附近的話，就來辦公室坐坐，或是請卡珊卓拉有任何不清楚的地方，可以直接打電話過來。不過每次的邀請都遭到婉拒，作者從頭到尾都只用郵寄的方式和編輯溝通。

漢娜也發現卡珊卓拉的筆跡很難讀懂。卡珊卓拉的字條都是用

極細的鉛筆、很小張的紙寫的，字體是少見的歪斜。會寫出這樣的字，只因為佐伊是個左撇子。娜塔莉寫下每一個回覆，佐伊就用扭曲潦草的字體照抄一遍。娜塔莉知道這一定讓她媽快瘋了，但她可不想冒著筆跡被認出來的風險。

終於，第四週過去了，文稿以嶄新的面貌再次出現。每個字句都經過排版，落版成一頁一頁的。這叫做「校樣」，每一頁都排版成書頁左右攤開的樣子，就是一本真正的書的樣子！最棒的是，整份稿子只有兩張便利貼，是兩個小錯誤，很快就能修改好。這本書終於定稿了。

兩週後，克蕾頓老師拿給娜塔莉一個鼓鼓的信封袋，很重。娜塔莉撕開膠帶，打開封口，掉出來兩本平裝書。她很震驚地喘著氣說：「是書耶！印好了！」

但是，那不是真的書。那是印在紙上的平裝書，封面看起來是用普通彩色印表機列印出來的書皮。封面下方有個黑色長方形，裡面用白色字體寫著這樣的聲明：

試讀本
非賣品

一張手寫紙條跟著書滑到桌面上，克蕾頓老師撿起來看。她大略瀏覽之後，唸出內容。

親愛的卡珊卓拉：

我們公司的行銷部門很高興看到妳的定稿，所以我們印了五

百份試讀本。目前，我們的業務人員已經發出目錄讓經銷商知道妳的書，他們會把試讀本寄給幾家主要的書店，而特販部門會把試讀本寄給幾個讀書會、學校等特定族群，以及我們的海外代理商。另外，宣傳部門會寄出兩百份試讀本給各方書評，包括出版圈、平面及廣電媒體、愛書人等等。我們一收到書評就會通知妳。精裝本封面正在製作中，五月中我們就會寄出預購書。雖然預購數量還不算多，但是等書評出來之後，銷售量應該會節節上升。我們先前為了趕上期限，壓縮了修改稿子的時間，不過，最後定稿非常棒，妳可以感到欣慰了。

漢娜　敬上

娜塔莉兩手握著其中一本試讀本。她的確很欣慰，雖然這還不

是真的書，但就快要跟真的一樣了。

佐伊拿起另一本試讀本，她同樣感到欣慰，但是也覺得憤慨。「預購數量不算多，這是什麼意思？這些人是怎麼了？他們應該拼了命去賣這本書才對啊。我只能說，他們宣傳部門的人還真是差勁透頂！」

娜塔莉說：「還記得我媽說過嗎？美國每年出版的童書超過五千本，不可能每本都是暢銷書，佐伊。能夠出版已經很好了。」

佐伊做了個鬼臉，聳聳肩。事實上，佐伊只聽了半句就沒在聽了。娜塔莉和克蕾頓老師一直在交談，而佐伊卻自顧自的忙著。她忙著動腦筋。大概只花三十秒，她就想出一個雛形，接著馬上就拿起一本試讀本問：「娜塔莉，這本可不可以給我？」

娜塔莉微笑著說：「當然可以啊。」然後娜塔莉把另一本給了

克蕾頓老師。「這本書是要給妳的。我會請編輯再寄一本給我。」

克蕾頓老師一時間說不出話來。她費了一番工夫才說：「謝謝妳，娜塔莉。我會一輩子珍惜它的。」

佐伊漫不經心地說：「對啊……我也是，娜塔莉。」其實她的心思早就飛到別處去了。她決定，現在該是佐佐‧瑞斯曼再度出馬的時刻，而且這次她要搞些新花樣。她心想：「嗯，當一個經紀人是很好玩，但現在我的客戶還需要點別的。現在她迫切需要的就是……曝光！」

20 媽咪與麻吉

大部分的書是靜靜的出版，不會有報紙廣告，也不會被報導在《時代》雜誌上，更不會舉辦新書發表會。如果是名氣響亮的作者寫的書，或者是出版社想要強打的作者，出版社才會發出邀請，舉辦小型的發表會。這樣做的用意是為了搏取新聞版面，希望有助於銷售量。

因此，四月中旬，佐佐・瑞斯曼打電話給漢娜，建議小船少年出版公司為《作弊》舉辦一場小型新書發表會。漢娜的第一個反應

是：「這是個不錯的主意，不過我不覺得有必要。」

然而，她的好奇心被挑起來了。在整個洽談和編輯的過程中，卡珊卓拉・戴和漢娜・尼爾森從來沒有坐在一起工作過，從來沒有一起去吃過午餐，從來沒有通過電話。她覺得跟卡珊卓拉・戴很親近，也喜歡在修改文稿的過程中與她交換意見。所以她想：佐佐是對的，辦個小型發表會也不錯，這樣我就能和這位小姐見面了。

不過，漢娜太忙了，忙到無法抽空來安排這件事。自從漢娜被指定為卡珊卓拉・戴的編輯之後，蕾莎就不斷丟新的工作給她。

佐佐打過電話的三天後，第一篇書評出爐了，是《科克斯評論》，評論人給予《作弊》一顆星的特別矚目，程度就像是成績單的甲上那樣。漢娜最喜歡書評的最後三個句子：「《作弊》緊緊抓住讀者的心不放。作者以一種清新且誠摯的筆調來寫作，這種方式

向來受到中高年級讀者的歡迎。這本初試啼聲的小說，預示了作者卡珊卓拉・戴很有可能是明日之星。」

握著這份書評，漢娜到樓上去找湯姆・莫頓。漢娜把書評唸給他聽，然後提出舉辦小型發表會的想法，時間在六月某個星期五下午。湯姆・莫頓立刻同意，事情就這樣決定了。

走回電梯時，漢娜突然想到，關於舉辦發表會的事，蕾莎可能會不高興。她可能會生氣漢娜先去問湯姆，而不是去問她。

漢娜差點要走出電梯，回去取消這件事。不過她沒動，任由電梯門慢慢關上。從十六樓坐回十四樓，這短短的路程中，漢娜明白一件事：蕾莎不像以前那麼可怕了。接著漢娜又對自己說：「不，不是這樣的。事實上，蕾莎比以前更可怕。重點是我已經不像以前那麼怕她了。」

回到辦公室，漢娜打電話留言給佐佐。她說將會辦一個小小的發表會來慶祝卡珊卓拉的第一本小說出版，地點在小船出版公司的十六樓，時間是六月的第二個星期五。佐佐可以邀請任何她想邀請的人。可以見到這位作者，每個人都會很高興。

佐伊收到留言之後也很興奮，但這件事她誰都沒說。

娜塔莉終於讓佐伊閉嘴了。整整一週，佐伊煩她、求她，把她搞得快瘋了。她要娜塔莉問她媽媽是否可以帶佐伊和克蕾頓老師去參觀小船少年出版公司，只是去看看而已。

娜塔莉覺得這不是個好主意，但是佐伊怎麼也不肯放棄。「就當作是我們這個出版社團的校外教學嘛，而且學期快結束了，克蕾頓老師下學期可能不會教我們了。」

最後，娜塔莉終於答應去問她媽媽，是不是可以帶佐伊和語文老師去參觀她們辦公室。時間不會很久，只是進去走走看看而已。她媽媽說：「當然可以啦，寶貝。哪天妳下課後直接帶她們過來就行了。如果我很忙不能帶妳們參觀，艾拉可以為妳們介紹。」

事情就這樣敲定了，佐伊也就不再去煩娜塔莉。她們哪一天都可以去，而對大家來說，最適合去出版社拜訪的時間，當然就是星期五放學後，而且是六月的第二個星期五。

六月十二日星期五下午三點半，小船少年出版公司編輯部的員工們逐漸往十六樓移動，參加新書發表會。這本書的文稿已經被傳閱過了，大家紛紛談論著這本書。這一天早上，第三篇星級評論出爐了。每個人都很興奮可以見見作者卡珊卓拉・戴。

漢娜已經上去大會議廳勘查過兩次。第一次去確認點心茶水，第二次去確認橫幅布條有掛起來。漢娜第三次走出電梯時，她聽到大家已經在那裡吃吃喝喝、說話聊天了。當她走進會場，首先注意到的是攝影機組人員。一個扛著攝影機的女人正在拍攝橫幅布條，一個瘦瘦的年輕男生站在她後面幫忙打燈光，他穿著「ABC 新聞台」的背心。有一個穿著條紋西裝的男士，髮型完美、牙齒整齊雪白，正在跟湯姆・莫頓交談。環視著會場，漢娜的目光找到宣傳主任喬蒂・克羅斯。喬蒂也看著她，微笑點點頭，下巴指向那些攝影機組人員，並對漢娜豎起大拇指。漢娜也點頭微笑回禮。她很驚訝喬蒂居然為這麼小的活動，找了媒體來報導。

佐伊、娜塔莉和克蕾頓老師抵達十四樓的接待區時，在門口接

待的菲爾就按下門禁鈕讓她們進去。媽媽不在她的辦公室，所以娜塔莉就自己帶著客人在這層樓到處逛逛。娜塔莉本來覺得佐伊提議的這趟校外教學很煩，不過一行人來到這裡之後，她就放鬆心情高興起來了。

她們從美術部門開始看起，然後順時針一區一區參觀。娜塔莉覺得很奇怪，辦公室裡的人好少，她想說大概是星期五大家都提早下班了。這樣也不錯，她們就可以不必那麼安靜。

娜塔莉在為她們介紹封面美術製作的各個步驟時，佐伊打斷她。「娜塔莉，我們去找妳媽吧，這樣我們也可以問她一些問題。」

娜塔莉搖搖頭。「如果她不在她的辦公室，那就表示她很忙。我們等一下再去找她。」

娜塔莉現在很了解出版流程，而克蕾頓老師有很多問題要問。

能夠反過來教老師是很好玩的事，如果佐伊不要那麼沒耐性，一切就很完美。

她們快回到她媽媽辦公室的時候，娜塔莉站在艾拉的隔間裡，指著桌上一大疊信封袋。「這就是『堆肥坑』，我之前看到它的時候，還更大堆呢。」娜塔莉轉身說：「在提姆的辦公室那裡還……」她說到一半就停住了。蕾莎站在她辦公室外面的走道上，距離她們只有十步遠。

蕾莎雙手抱胸，走向她們。她微微地笑一笑說：「嗯，真是個歡樂的小團體……我看到妳在當導遊。」

娜塔莉吞了口口水，說：「這是我的朋友佐伊，我的語文老師克蕾頓老師。這是我媽的主管，蕾莎・史普林菲爾。」

克蕾頓老師走過娜塔莉身邊，伸出手來。「妳好，史普林菲爾

女士。」

蕾莎看著克蕾頓老師的手，然後伸手出來簡短的一握。「是。很高興妳們來拜訪。」

娜塔莉說：「我們……我在等我媽媽，不過她還沒回來。如果等一下她還是沒回來，我們就要走了。我們不想打擾任何人。」

蕾莎說：「其實妳媽媽在……就在樓上。」突然她高興地笑著說：「不過我想她會想見到妳……還有妳的朋友們。坐電梯上十六樓吧，記得告訴她，是我叫妳去找她的。」

娜塔莉點點頭說：「好……好的。謝謝。」

蕾莎說：「喔，不客氣。」

電梯到十六樓，門一打開，娜塔莉腦袋裡的警報器就響了。她

聽到了聲音，不太對勁，好像是……是展覽會或什麼的。她本能的第一反應就是按下其他按鈕，什麼按鈕都好，趕快離開就是了。在她做出動作之前，佐伊早就抓住她的手，把她拉出電梯，克蕾頓老師跟在後面。佐伊直直走向一扇對開的大門，那是個很大的會場，裡面大概有五、六十個人，各成一小圈站著聊天，每個人的講話聲都蓋過其他人的音量。

娜塔莉說：「佐伊！我覺得最好是……」

佐伊搶著說：「妳看，妳媽媽在那裡！」她把娜塔莉的手握得更緊，然後筆直走向漢娜・尼爾森，像是一台火車頭拖著車廂。克蕾頓老師停在門口，盡力克制想要開溜的念頭。

走到一半，娜塔莉看到那個橫幅布條：

《作弊》

卡珊卓拉・戴

恭喜我們的新作者！

攝影師把機器轉向，對準著佐伊和娜塔莉，她的助理也把燈光打開。在會場邊緣的人雖然不多，但是全都停止交談。每個人都伸長了脖子看攝影機究竟在拍些什麼。娜塔莉想弄清楚她週遭這一切，但是事情發生得太快。三秒鐘之後，佐伊就站在漢娜・尼爾森的面前了。

漢娜剛剛在跟湯姆・莫頓講話，試著讓自己看起來放鬆一點。她邀請的作者，這整個會場的焦點人物已經遲到三十分鐘了，怎麼辦呢？突然，攝影機的燈光讓她眼前一黑，當她能再次看清楚時，

佐伊和娜塔莉就站在她面前。

佐伊抬頭看著她的臉，說：「尼爾森太太，我知道這會很令人震驚，不過，容我向您介紹，卡珊卓拉・戴。」

漢娜看看佐伊，又看了看娜塔莉，然後從她們兩個的頭上望過去。門口站著一位年輕女人，看起來很害羞，穿著黑色裙子、綠色毛衣外套。漢娜臉上露出如釋重負的笑容，她說：「噢，真是……真是太好了。來吧，湯姆，我們去歡迎她。」

佐伊轉頭看後面，然後回頭說：「尼爾森太太，那個不是她。」佐伊把手輕輕放在娜塔莉的腰上，說：「這才是卡珊卓拉・戴。這是她的筆名。卡珊卓拉・戴就是娜塔莉・尼爾森。」

攝影師把這一切都錄下來。帶子在轉的時候，攝影師心想：「再也沒有比這個更棒的了。」她想的一點都沒錯。

攝影機清楚地錄下一切。它錄下這個女人看著這個女孩，表情是無比的困惑。它錄下這位母親的眼睛睜得很大，雙眉揪成問號，然後又因為恍然大悟而鬆開了眉頭。它錄下這兩張臉，她們臉上的情緒變化就像是跳芭蕾一樣。

麥克風收錄到這女人的呼吸聲，她幾乎是猛然吸一口氣，然後長長的呼出來，像是在嘆息一般。麥克風還收到這個女孩低聲說：

「是真的，媽。」

母女兩人對望了許久許久。當她們最後彼此擁抱時，她們週遭的人、她們身處的會場、大樓，以及整個城市，全都消失不見了。

娜塔莉輕輕地推開媽媽，看看旁邊，她伸出手去拉佐伊過來。

「媽，她就是佐佐・瑞斯曼。」那個女人臉上的表情又開始跳芭蕾了，然後三個人抱成一團。

站在門口的克蕾頓老師臉頰流下兩串眼淚。此刻她覺得自己好像跑完紐約馬拉松大賽一樣。

那位宣傳主任擦掉眼中的淚水，低聲對湯姆・莫頓說：「不知道漢娜是怎麼找來ABC電視台的人，不過幸好她把媒體找來了。」

湯姆低聲回答說：「喬蒂，那不是她找的，她說是妳找的。」

電視台會來拍攝，是因為佐伊把她的試讀本寄給ABC電視台的一位製作人，還解釋了這本書出版的所有幕後過程。她向那位製作人保證，作者會在發表會上公開身分，地點在小船出版大樓的十六樓，時間是六月的第二個星期五下午四點。

這場發表會大概在四點半就結束了。湯姆・莫頓特別讓所有員工提早下班度週末。在與佐伊及克蕾頓老師道別之後，娜塔莉和她

《作弊》
卡珊卓拉·戴

媽媽一路走過八條街去巴士站搭車回家。

六月的下午，天氣非常宜人，不過她們兩人都沒有注意到天空好藍，也沒有發現第八大道上的景色。她們忙著呢。一路上都在一問一答，不時爆笑出來，還擁抱了五、六次，並且完全放鬆地模仿經紀人佐佐和發火的上司蕾莎。

她們坐的巴士駛進林肯隧道時，這對母女肩併肩坐在一起，既疲累又興奮，全身發熱。

漢娜清清喉嚨。「妳知道嗎？我差點不想讓妳讀卡珊卓拉‧戴的這本書，因為安琪拉和她爸爸的那些敘述，我覺得可能會使妳無法承受。」

娜塔莉點點頭。「那個部分的確很難寫。可是，我想要紀念爸爸。我想感受看看，如果他還在的話會怎麼樣。我不想忘記他，永

遠不想。」

「妳當然不會想忘記的，妳不會。他現在一定非常以妳為榮。」

娜塔莉抬頭注視媽媽的眼睛。「媽，妳也是這樣想嗎？」

她媽媽點點頭說：「我知道是這樣的。」

兩星期後，ABC 電視台在一個每週播出的新聞節目中播出這段故事，時間大約半個小時。這集主題被取名為：出版社團。那位髮型與牙齒皆打理得很完美的男士，在攝影棚內訪問了佐伊、克蕾頓老師、娜塔莉以及漢娜‧尼爾森。隨著節目的進行，觀眾在畫面上看到德瑞中小學、語文教室、小船出版公司、無線辦公室、還有克普瑞聯合律師事務所這幾個地點。報導中也訪問了艾齊校長、湯姆‧莫頓、羅伯‧瑞斯曼，以及傅瑞德‧尼爾森。甚至連蕾莎‧史

普林菲爾也上鏡頭了，時間雖短，但足以讓她對著鏡頭微笑說：「我想這是我的多年經驗，就像是第六感，我就知道漢娜・尼爾森是最適合編這本書的人。」

這個節目播出的時機，對《作弊》來說真是再好不過。所有的宣傳主任都夢想有這樣的機會。喬蒂・克羅斯馬上著手進行她的工作。接下來兩週，娜塔莉和佐伊接連上了許多電視節目。她們上了「兒童新聞」，她們的照片還刊登在《人物》雜誌的封面。

小船少年出版公司的印務經理忙瘋了，不斷增加的銷售量讓他應接不暇。到八月底，精裝本已經再版了六次，這本書還登上《紐約時報》童書暢銷排行榜第五名。

佐伊・瑞斯曼收到六個提案，想買下她所創立的公司名字——雪莉克拉區著作經紀公司。在與她的律師商量過後，她決定拒絕所

有的提案。

ABC電視台播出節目後三週，某家紐約最大出版公司的董事長打電話給蕾莎・史普林菲爾，請她去擔任副董事長兼童書部門的編輯主任，他還承諾讓蕾莎全權決定編輯事務。蕾莎接受了這個新職務。

八月中，德瑞中小學的入學申請件數衝破新高。艾齊校長和學校董事們聯名發出一封褒獎信給克蕾頓老師，信上說她：「卓越的展現了德瑞中小學的精神與理想。」另外，高斯維老師邀請她星期六早上一起去划船。

在堤岸教育學院的秋季校友通訊上，有一篇蘿拉・克蕾頓的專訪。對她來說，最後一個問題是最難回答的。

堤岸教育學院：如果要給那些準備成為教師的人一個建議，妳的建議是什麼？

蘿拉・克蕾頓：目前為止我只當了兩年老師，我不能假裝自己是專家。不過，我想有一點很重要的是，不要害怕。不要害怕去認真傾聽學生們所說的話。要記得當一個小孩是什麼感覺，記得自己小時候學習新事物的那種勇往直前。身為一個老師，我願意試著讓自己像我的學生們那樣勇敢。

蕾莎・史普林菲爾離職後一週，漢娜・尼爾森升職了，她成為小船少年出版公司的主編。對她來說，這是個很大的晉升，不過，湯姆・莫頓對她有信心，相信她能表現得很好。

坐在新的辦公室裡，漢娜・尼爾森看著窗外由曼哈頓數棟高樓

大廈勾勒出來的天際線。她從桌上拿起一本《作弊》，打開書，看著書名頁。她笑了笑，闔上書放回桌上，再度望向窗外。

接著她想起一件事。幾個月前，她要卡珊卓拉·戴交給她最後一些必要的文字。她記得她把這些文字交給編輯助理，要放在書的哪裡都一併交代清楚了。漢娜旋轉了座椅，抓起桌上的書，翻開。

就在那裡。就在書名頁的下一頁。

那是獻辭。

「當然啦，」漢娜心想：「怎麼可能會是別的呢？」

獻給爸爸和媽媽，

獻給佐伊及克蕾頓老師。

——N. N.

九月剛開始的第一個星期六下午，兩個女孩坐在佐伊家門口的階梯上吃著義大利冰淇淋。娜塔莉的是草莓口味，佐伊的是檸檬口味。她們已經分開一個月，今天是暑假後第一次見面。

娜塔莉和媽媽、傅瑞德叔叔去大峽谷度假。她們住在森林裡的營地。四年來，她媽媽第一次有長達兩週的休假。她們去爬山、健行、隨意坐著休息、聊天、閱讀。那種平靜正是娜塔莉所需要的。

佐伊和她媽媽及姊姊們，整個八月都待在她們家位於康乃狄克州的農場，瑞斯曼先生則在每個週末開車過去。佐伊喜歡待在農場，不過那裡有點太過安寧、太過平靜了。待到第二週，佐伊就等不及要回到城市裡。

夏天終究是過完了，學校也快要開學。佐伊把嘴裡的冰淇淋匙抽出來，說：「這學期克蕾頓老師不教我們語文了，真可惜。」

「是啊，」娜塔莉說：「我還聽說奧斯頓老師很嚴格。」

她們又沒講話了，挖出一大塊甜甜的冰淇淋品嚐著，並且試著想像七年級會是什麼情形。

佐伊說：「妳要怎麼用那筆版稅呢？」

娜塔莉聳聳肩。「留著以後上大學用吧，大部分啦。我可能會花掉一點點，但不會花很多。而且妳知道的，直到明年三月都不會再有版稅進來。」

「我知道，」佐伊說：「什麼時候會付版稅，我清楚得很。因為經紀人要等到作者拿到版稅之後才拿得到錢。版稅每六個月付一次。我也知道我會從第一次版稅裡拿到多少。我爸幫我算出來的，是妳拿到的錢的百分之十五。」

娜塔莉臉紅了。「我知道那是合約裡寫的……可是，佐伊，妳

真的應該拿到更多。我的意思是，如果沒有妳，這本書只會被堆在我家的某個角落。」

佐伊用手指抹去下巴的冰淇淋，搖搖頭。「可能吧……不過，沒有妳的書，就什麼都沒有啊。我幫忙把它交給對的人，可是接著呢，就全看妳了。我分到的錢是不多也不少。」

她們又沒講話了，繼續吃著冰淇淋。

接著佐伊開口：「娜塔莉，如果妳寫了另一本書，我不介意妳去找一個真正的經紀人喔。」

娜塔莉嘴裡含著草莓冰淇淋。「什麼！妳瘋啦？哪個經紀人會比妳更真實呢？」

這對朋友看著彼此，笑開了。

娜塔莉心想：「此刻的這種感覺，有一天我會把它寫下來。」

國家圖書館出版品預行編目資料

作弊 / 安德魯 · 克萊門斯（Andrew Clements）
文；周怡伶譯 -- 二版 . -- 臺北市：遠流出版
事業股份有限公司 , 2022.10
面； 公分 . --（安德魯 · 克萊門斯；6）
譯自：The School Story
ISBN 978-957-32-9716-1（平裝）

874.59 111012583

安德魯 · 克萊門斯❻

作弊
The School Story

文／安德魯 · 克萊門斯　譯／周怡伶　圖／唐唐

執行編輯／林孜懃　內頁設計／丘銳致　出版一部總編輯暨總監／王明雪

發行人／王榮文
出版發行／遠流出版事業股份有限公司　臺北市中山北路一段11號13樓
電話：(02)2571-0297　傳真：(02)2571-0197　郵撥：0189456-1
著作權顧問／蕭雄淋律師
輸出印刷／中原造像股份有限公司
□2009年6月1日　初版一刷　□2022年10月1日　二版一刷

定價／新臺幣300元（缺頁或破損的書，請寄回更換）

ISBN 978-957-32-9716-1
遠流博識網 http://www.ylib.com E-mail:ylib@ylib.com